遺伝子スイッチ・オンの奇跡

「ありがとう」を
十万回唱えたら
ガンが消えました！

（余命一カ月と告げられた主婦）
工藤房美

風雲舎

（はじめに）

「遺伝子スイッチ・オンの奇跡」を実証してくれた人

（筑波大学名誉教授）村上和雄

熊本県に住む工藤房美さんというご婦人から手紙をいただいたのは、かれこれ八年ほど前のことです。七、八枚の便箋にびっしり書き込まれた分厚い手紙でした。

彼女はガンと宣告され、余命一ヵ月と告げられます。あと一ヵ月しかない……彼女は自分の人生を振り返り、三人の息子に遺書を書き、覚悟を決めて静かに死ぬ準備を整えていました。その病床に、私が書いた『生命の暗号』という一冊の本が届けられました。彼女はそれを読み、その内容に、それまでに経験したことのないような感動を受けたとありました。

手紙にはこんな文章が並んでいました。

「人間一人ひとりが気の遠くなるような確率で誕生した、とてつもなく貴重な存在であること。村上和雄先生のいう『サムシング・グレート』の存在を感じ、『生かされている』ことに気づかされたこと。さらに、人間には六十兆個の細胞があり、その一個一個の中の遺伝子情報（ＤＮＡ）のわずか五％ほどしか使われていないこと――。

いちばん驚いたのは、

『人間のＤＮＡのうち、実際に働いているのは全体のわずか五パーセント程度で、その他の部分はまだよくわかっていない。つまりまだオフになっているＤＮＡが多い』

というところです。

これを読んだとき、それなら、私の眠っている残りの九五パーセントのＤＮＡのうち、良いＤＮＡが一パーセントでもオンになったら、今より少し元気になるかもしれない。眠っているＤＮＡが目を覚ましてオンになったら、私だって回復できるはずだ。『眠っているＤＮＡが九五パーセントもある』とあったからこそ、そう思うことができたのです。そう思いついた瞬間、私は『ばんざーい！』と大きな声で叫んでいました。『ばんざーい！人間に生まれてきて良かった！』と。

人目もはばからず、真夜中の二時。相部屋のガン患者さんは睡眠薬を飲んで爆睡しています。うす暗い病室でひとり、その本を握りしめ、偶然にもこういう本が私のところに届けられたこと。それを届けてくれた方に、そして、村上和雄先生に感謝の気持ちで胸いっぱいになりながら、私はベッドの上でひとり感動していました。明日の治療のことを少しでも忘れられるならと読み始めたこの本に、そうか、私にだって可能性があるんだとこんなに希望をいただいていたのです。私はもう本当に嬉しくて嬉しくて、人間の無限の可能性に感動していました」

この後、彼女は「ありがとう」という言葉を何十万回も口にして、遺伝子のスイッチをオンにすることに没頭しました。一年後、「ガン細胞がきれいに消えているよ」と主治医から知らされます。祈りが通じたのです。

手紙は、こういうことに気づかせてくださった村上先生に感謝します、と丁寧な、感謝に満ちた言葉が埋め尽くされ、最後に、
「その本に感動した私は今ここにこうして元気でいられるのです。すべて繋がっているのです。これからは、自分の遺伝子が毎日喜んでくれるような選択をし続けます」

と結ばれていました。

これはすごい、彼女は自分のガン体験でスイッチ・オンの実験をしてくれたんだ、と私は驚きました。


私が感じたのは、彼女の素直な心です。

「手術は、もう手遅れです」という切羽詰った事情にもよるのでしょうが、彼女は遺伝子を目覚めさせることを、何のためらいもなく受け入れます。「眠っている九五パーセントの中のどれか一つでもスイッチを入れることができたら、きっと私の身体は今より少し元気になる」と、「ありがとう」を夜も昼も夢中で口にします。

まず病んでいない目、鼻、耳、その他の臓器の細胞に「これまで私を支えてくれてありがとう」とお礼を言います。そのうち「あなただって私をこれまで支えてくれたのだから」とガン細胞にも「ありがとう」と伝えます。ガン細胞が消えてなくなるようにと祈ったのではないのです。ここが彼女のすばらしさでしょう。

もう一つ、完治した後の彼女は、なにか大きなものに気づいたようです。

彼女は、治ったからひと安心——というところに留まりませんでした。自分の遺伝子が喜ぶ暮らしを選択します。「困っている人に手を差し伸べなさい」という啓示を受けたこともあり、彼女はそれまでの職場を辞め、知り合いのネパール人と一緒にカレー屋さんを始めます。私利私欲ではない、調和を求めての選択です。遺伝子オンという体験が彼女を大きく変えたのでしょう。つまり、彼女は大いなるものに目覚め、一歩も二歩も前に進んだようです。そのこともすばらしいと思います。

自分の奥深くまで届くような「我を忘れる深い祈り」は、遺伝子のオン・オフの働きを呼び起こすことができるはずです。心の底からの願いは自我レベルにはないのです。つまり、私たちは奥にある本当の自分（真我《アートマン》）に働きかければ、眠っている潜在的な力を発揮できる――というのが私の考えです。それを彼女は素直な心で汲み取ってくれたのです。

こうして工藤さんと対話が始まりました。講演で熊本に行った際に初対面を果し、それ以来、直接会話を重ね、仲良しとなりました。完治した後、彼女はご自分の体験を求められるまま皆さんに話し始め、カレー屋さんの合間に、九州中を、さらに神戸などへと講演して歩いているようです。

私が、「いつかあなたの体験をご本にしてみたらどうですか」と申し上げたことがきっかけで、こうしてすばらしい一冊の本ができました。わが身に何が起きたか、その事実経過と自分の想いを淡々と語り、遺伝子のスイッチをオンにすると良いという私の研究を、ご自分のガン体験で実証してくださったのです。その意味で、彼女はいわばわが同志です。この本が多くの人に愛読されて、少しでもお役に立てれば嬉しいと思います。

工藤房美さん、とてもいいご本になりましたね。ありがとうございます。

遺伝子スイッチ・オンの奇跡

「ありがとう」を
十万回唱えたら、
ガンが消えました！

カバー絵・カバー装幀……なかひら　まい
編集…………木下　供美

〈第一章〉

「きみはガンだよ!」

ガン告知

「ピシッ！」と、太ももをひっぱたかれ、続いて、

「きみはガンだよ！

なんで、こがんなるまでほたっとったんだ！」

診察台に横になっている私に、先生の大きな怒鳴り声が降ってきました。

熊本市民病院には、診察室にも待合室もたくさんの人で溢れています。その怒鳴り声に、病院中が一瞬しーんと静まり返ったようでした。

「叩かれた……」

「怒鳴られた……」

そのショックで、「きみはガンだよ」という宣告の意味が頭の中に染み込むまでに時間がかかりました。

「さっきの怒鳴り声、待合室のみんなに聞かれたよな……まずいな……」

「このまま診察室から出て行ったら、珍しがってみんな私を見るに違いない。どんな顔し

てこの部屋から出ていこうかな……」とボーと考えていました。私が待合室にいてあの声を聞いたら、どんな人がどんな顔で出てくるだろう、ときっと興味津々で見るだろうとぼんやり思っていたのです。「きみはガンだよ!」という診断を、私の脳が拒否していたのかもしれません。その言葉が頭の中でこだまして何度もリピートしているのに、私の想いは、どうやって人目を避けてここを出て行こうかということばかりでした。

個室に呼ばれ、レントゲン写真を見せられながら、先生が「申し上げにくいのですが、あなたはガンです……」と切り出す、映画やドラマで見るあの告知シーンを思い浮かべていました。ところがそれとは大違い、ピシリと太ももを叩かれ、大声で怒鳴られたのです。病名は子宮頸ガンでした。忘れもしない平成十八(二〇〇六)年五月一日、ガン告知の瞬間でした。

生活に追われて

当時、私は夫と高校三年生の長男、高校二年生の次男、そして小学校六年生の三男との五人暮らしで、主婦と母親を兼ね、さらに自分の仕事を持っていたので、てんてこ舞いの

三人の息子たち。左から三男、長男、次男。

毎日でした。

毎日、夫と二人の子供たちの弁当を作ります。夫の仕事は朝が早いので、朝三時に起きて夫の分を、二時間ほど眠って五時には高校生の二人分の弁当を作っていました。

私は自分の仕事を持っていました。遊技業の会社で、早番と遅番のシフト制があり、二交代制で働いていました。

店のデータトラブルなどがあると残業になり、自分の勤務が終わってから別の店舗に呼ばれて行くこともしばしばでした。私の仕事は主に新人教育で、その他に特殊な機械のトラブルやデータ入力なども担当してきました。この仕事は私の性に合っていたようです。辛いとか嫌だと思ったことはありません。責任を持ってやれる楽しい仕事でした。ただ、遅番の翌日が早番だったりすると、寝ないで弁当と朝食を作り、子供たちを学校に送り出すことになることもあり、生活のリズムはかなり乱れていたと思います。

新築した家に引っ越したばかりで、その家はとても住み心地が良く、みんなとても気に入っていたのですが、家の中には片づけものや整理しなければならないことが山のようにありました。それでも張り切って、不眠不休にもかかわらず一生懸命に働いていました。平均睡眠時間は二、三時間くらいだったでしょうか。

忙しさばかりではなく、もう一つ厳しい現実が私を追い込んでいました。家の新築と重なって、主人にいろいろなストレスや重圧が溜まりに溜まっていたのです。主人は日に日に元気がなくなり、無気力になり、ある日突然、それまでの仕事を辞めてしまったのです。主人の顔から笑顔がなくなり、無気力なまま再就職先を探す気配もなく、ついに主人は家族の誰とも会話をしなくなりました。たびたび家を空け数日いなくなることもありました。私はそんな主人のことが心配で、仕事をしていても絶えず気にかかっていました。

あるとき、主人が黙って家を出たまま数日たっても帰ってこない時がありました。心当たりを探しましたが見つかりません。子供たちに心配をかけまいと黙っていたのですが、ある日とうとう私は長男を呼んで相談しました。ひとり自分の心の中にしまっておけなくなったのです。

「お父さんは疲れとってね、悩んでばっかりいる様子なとよ。今日も帰ってこんかったら、明日おかあさんといっしょに警察に行ってくれんね？」

最後まで黙って聞いていた長男は、「分かった。今夜帰って来んかったら、明日は警察に一緒に行くよ」と言ってくれました。

長男には小学生のときから「大きくなったら警察官になりたい」という夢がありました。警察官という、平等に皆の安全な生活を守る力強くたくましい姿にあこがれていたのです。自分もいずれ警察官になって、たくさんの人の役に立つと決めていました。

その日は待っても待っても主人はとうとう帰って来ませんでした。夜が明けるのを待ち、長男を連れて警察署に行きました。

「主人が黙ったまま家を出て、何日も帰って来ません。過去にもそういうことがあり、通常の精神状態ではないと思うので、とても心配しています。どうか探して連れ帰ってください」とお願いしました。

すると、担当の警察官はこう答えるのです。

「ご主人は探しましょう。しかし、見つけても連れて帰ることはありません。自分の意志で出て行かれたのなら、本人の意思を尊重します。帰りたくない何か事情があるのでしょうから」とおっしゃるのです。

長男と私は、家を出た主人のこともショックでしたが、警察官のその言葉にひどく戸惑いました。主人に何かあってからでは遅いと意を決して警察に相談に来たのです。ここに来ればこの辛い状況を分かってもらい、助けてもらえる――そう信じていました。しかし現実は全くそうではなかったようです。私たちは途方にくれました。長男は、警察官のその言葉に、自分の理想としていたものを大きく打ち砕かれ、「この世には信じられるものはないのか」とつぶやいていました。

長男の肩を抱き寄せて、私はただ泣いていました。誰に相談したらいいのでしょう。誰に助けを求めればいいのでしょう。三人の子供を抱えた私は、まるで世間から捨てられたように感じていました。孤独感です。もう誰にも頼ることもできない。自分が強くなるより他に方法はないと知らされました。いつも私に優しく接してくれていた長男でしたが、その日から一層私を気遣い力になってくれるようになりました。

この子たちが頼りにできるのは私しかいない。私がこの家と家族を支えていかなければいけない。そう思い、とにかく気を張っていました。子供たちに心配をかけたくなかったし、職場に迷惑をかけたくもありませんでした。そんな張りつめた毎日のなか、「このまじゃ、いつか病気になるんじゃないだろうか」と、ひとり言のようにつぶやいていたのです。

まさか……!

数日後、主人は帰っては来たのですが、相変わらず仕事に就く気配もなく、時々またいなくなり、ふらっと帰って来るという繰り返しでした。主人との会話も途絶えていました。それやこれやで私は疲れ果ててボロボロでした。数日前から生理ではない出血もありましたが、自分のことをかまうゆとりもありません。次から次へ、黙々と、しなければならないことを消化するだけです。

そんな生活が一年ほど続いたある日、とうとう異変が起きました。職場で、鼻血が出て止まらなくなったのです。少々の出血ではありません。すごい勢いで、滝のように流れ出てきます。職場に迷惑をかけてしまうと思い、とっさにトイレに駆け込みしばらく様子を見ましたが、止まる気配はなく、ますます勢いを増していきます。溢れる鼻血で声を出すこともできなくなったので、ジェスチャーで同僚に助けを求めました。大騒ぎになりました。そして即、日赤病院に運ばれたのです。

それが平成十八年四月二十九日のことです。「みどりの日」と呼ばれる祭日なのに、救急外来は多くの患者さんで溢れていました。きちんとした検査ができないので、とにかく一刻も早く大きな病院で検査を受けてくださいと言われました。

そして五月一日。家からいちばん近い総合病院である熊本市民病院に検査に行きました。そこで、想像もしなかった「きみはガンだよ」との宣告。私の人生はこれを境に、坂道を転がるように勢いよく、予想もしていなかった方向へと転換していったのです。

生い立ち

私は昭和三十三年九月三十日、宮崎県西臼杵郡五ヶ瀬町《にしうすきぐんごかせちょう》で生まれました。育ててくれた母が実は私の祖母だったと知ったのは、私がもの心ついてからのことです。若くして結婚した両親は、私が生まれてすぐに離婚してしまいました。父が二十歳のときです。母は生後二ヵ月の私を置いて家を出て行き、父もまたその後すぐに仕事のために家を出て行ってしまいました。私は祖父母に育てられたのです。

家には、十五歳年上の父の弟、十一歳年上の父の妹、それから　四歳年上の父の妹がいました。小学生の頃まで、その叔父、叔母たちが自分の兄と姉だとずーっと思っていました。年に一度帰ってくる父のことも、もちろん一番上の兄だと信じていました。

兄弟と思っていた叔父や叔母たちとは年が離れていたこともあり、かわいがってもらいましたが、もちろん遊び相手にはなりません。いつも一人で遊んでいました。仕事でほとんど家にいなかった祖父の代わりに、祖母が一人で家の中の切り盛りをしていました。家の田んぼや畑を、祖母は休む間もなく働いて守っていました。小さな私はそんな祖母の後をついて回るのですが、心の中はいつも言いようのないさびしさでいっぱいでした。

忘れられない思い出

そんな幼い頃のことで、一つだけ忘れられない思い出があります。私がまだ三歳にもならないある日、祖母に連れられて畑に行ったときのことです。

私は畑の端っこにちょこんと座って、祖母の姿を見ながら仕事が終わるのを待っていました。その日はとても天気が良く、青い空がとてもきれいで、空を見上げて流れる雲を目で追っていました。一つの雲がゆっくりと流れて行き、その後を別の雲が形を変えながら続き、一かたまりの雲が何個か流れたとき、すぐ手の届きそうなところに別の雲が流れてきました。それにじっと見入っていると、その雲が話しかけてきたのです。確かに聞こえました。雲さんが喋ったのです！　私は驚いて後ろにひっくり返りました。雲さんはこう言ったのです。

「ひとりじゃないよ」

それを聴いたとき、「がんばるんだよ」という声が続いたように聞こえて、さみしいという気持ちが消えていました。あれ以来、あの言葉を思い出すたびに、心の中にあったさみしい気持ちがだんだんなくなっていったのです。そしてその言葉が私の人生を支えてくれたようです。何があっても、どんなときも、「ひとりじゃないよ」と思えるようになりました。あの雲さんが言ったように、誰かが私を見守ってくれていると思えるようになったのです。両親がいないことで、周りからは、かわいそうな子供だとか、辛いだろうとか、さみしいだろうなどと特別な目で見られることもありましたが、あの雲のひと言のおかげで、どんなことも乗り越えることができると思っていたのです。

ところが、家を新築し、ただ日々の仕事を黙々とこなしていくことに忙殺されてしまうと、家事や子育てや仕事を楽しめなくなっている自分がいました。そんな気分を味わったことはこれまでありません。家の中の少々のトラブルやこれは辛いなと思えるときでも、「なんだ、これしきのこと」と持ち前の勢いで吹き飛ばし、いつもルンルンと生きてきたのです。ところが、どうにもその張り合いのようなものが見あたりません。主人が生きる意欲をなくしてしまうという事態も重なり、私の肩にかかった大きな責任だけがますます気になるのです。もう誰に頼ることもできない、助けを求めることもできない。自分だけが頼り。そんなぺちゃんこな状況のなかで、頼りの自分がガンになってしまったのです。

ガン宣告を受けたときは、子供の頃耳にした雲さんの「ひとりじゃないよ」という言葉が、どこか遠くでかぼそくなって、言いようのない孤独感が心の中を占領していたのです。これまでエンストしそうになりそうながらも、やっとなんとか進んできたのですが、この時ばかりは、前に進もうという気力がどこからも湧いてきませんでした。

（第二章）

治療開始

手術ができない

ガンの告知から二週間後、他に転移がないか、手術を受けられる状態かどうかの検査がありました。手術を待っている患者さんが大勢いるのですが、どうにかこうにか時間をつくってもらって手術することになりました。私の容態はそれほど切羽詰まった状況だったようです。一刻を争うため、全ての検査を他の患者さんに優先して行なっていただいたようです。

五月中旬。検査に二週間をかけ、手術前日に入院しました。病室に手術準備室と書いてあります。隣が手術室です。その文字を目にしたとき、いよいよだと思いました。恐怖と緊張で身体がこわばり硬くなっています。

手術のための事前準備も終わり、いよいよ手術をするばかりとなった夕刻、執刀してくださる主治医の先生が、私の部屋にいらっしゃいました。そしてこうおっしゃるのです。

「残念だな。僕の腕が振るえなくて、本当に残念です。あなたのガンは広がりすぎていて、ガンを取り除くのに他の臓器を傷つけてしまう可能性が高い。手術したところで、全部を取り除く自信が、私にはありません」

つまり手術ができないと言うのです。

一緒に説明を聞いていた主人が、私の横でひっそりと泣いています。悪いところさえとってしまえば元気になる。そう簡単に考えていた私は、手術ができないと言われ、ひと筋の希望が絶たれたと思って途方にくれました。あまりのショックで涙も出ません。どうしようもない大きな不安が押し寄せてきて、その重圧に圧倒されました。こういうのを「絶望」というのでしょう。望みをバサッと断たれたのです。心底がっくりして、言葉を失って、それでもなんとか事態を受け止めようと努力している。そんな私に追い打ちをかけるように、傍にいた看護師さんがこう言いました。

「この病室は明日手術する方のための部屋ですから、ここにはもういられません。すぐに荷物をまとめて、他の部屋に移っていただきます」

そう言われ、早々に部屋から追い出されてしまいました。

それで？

私は一体これからどうしたらいいのだろう。

私は一体どうなってしまうのだろう。

子供たちへの遺書

私は幼いころからの蓄膿症で、過去に三回手術をしています。ガンになる六年ほど前にも、鼻腔《びくう》にたまご大の濃《うみ》が溜まり、手術をしたのです。

蓄膿になると、ひどい頭痛と鼻腔の奥の痛みに、七転八倒します。検査してレントゲンを撮ってもらい、鼻腔に濃が大量に溜まっていることが分かりました。そのときの手術は、内視鏡みたいな細長いものを鼻から鼻腔に突っ込み、濃を出すというものでした。その手術でも濃を探したのですが、なぜか溜まっているはずの濃が見つかりません。結局、濃を除去することはできませんでした。そこでまた新たに、今度は上くちびるを上げて中を切開し、上あごの骨を開けて、中を直接見るという手術をしなければならなくなりました。言われるままその大手術をしたのですが、なんと結局、濃は一滴も見つからなかったのです。

数日後、切開した個所の抜糸《ばっし》をしました。抜糸をするための軽い麻酔をする予定だったのですが、その麻酔の量が多すぎて、抜糸の前に、私は気を失ってしまったのです。抜糸後、十時間以上も目が覚めず、しかも何のケアもされずに、大部屋にそのまま放置され、夜更けに目覚めたときには、目の前に、私が食べることができなかった昼食と夕食が、冷たくなってそのまま置かれていたのです。やっと麻酔が切れてきて、朦朧《もうろう》とする意識のなか、こうして放置されていたことにものすごい恐怖を感じました。

「このまま目が覚めなかったら、どうなっていただろう？」

意識がはっきりしてくると、恐怖は怒りに変わり、主治医を呼んで説明を求めました。主治医は「麻酔の量が多かったようですね」と、繰り返すばかり。

一旦手術台に乗ってしまえば、私はまな板の上のコイになるのだ。自分ではどうしようもない。運命に身を任せるほかに術《すべ》はないのです。その経験がトラウマになり、私は病院が怖くなって、以来、自然と病院から遠ざかっていました。

ガンになって、手術をするしかなくなってしまって、そのとき私が強く思ったことは、「手術をする前に、子供たちに遺書を書いておこう」ということでした。

入院する前日、三人の子供たち一人ひとりに、遺書を手渡してきたのです。ガンだということは子供たちには言っていません。ただ手術をするとだけ伝えていたのです。その手術で、もしものことがあったらこれを読むようにと書いたのです。

高校三年生の長男に。

誰に対しても、気配りを忘れない良くん。長男として弟たちのことを頼むね。勉強が大好きなあなたをお母さんはとても誇りに思っているよ。片道二十キロもある学校に毎日自転車で通っていること。自分で決めたことは弱音を吐かず頑張るその姿勢に、お母さんも感心しています。これからも堂々と自分の好きなことをやりなさい。病気になって迷惑かけてごめんね。本当にありがとう。大好きだよ。

高校二年生の次男に。

兄ちゃんを助けて、弟のことも頼むね。優くんは名前どおり、誰に対してもとても優しいよね。悲しいこと、辛いことよりも、喜びや楽しいことを見つけることが得意だから、大好きなことを見つけてそのまま楽しんで生きてください。優くんに似合う、楽しいことが必ず待っているからね。

小学校六年生の三男に。

まだ幼くて、手紙の意味もよく分からないかもしれないけど、賞くんは賞くんのままで、のびのび大きくなってください。そしてお父さんにいっぱい優しくしてあげてください。毎朝、お母さんの手を煩《わずら》わせずに一人で起きてきてくれて、一人でなんでもしてくれる優しい賞くん。いつも本当に助かっているよ。ありがとう。でも本当に大変なときは、我慢しないで周りにいる大人の人に助けてもらいなさいね。一人だとできないように思えることでもお兄ちゃんたちと三人で協力したら、きっとなんでもできるよ。お母さんが貴くんを大好きだってことをいつも忘れないでね。

三人の息子それぞれに、強く生きてくれるように、助け合って生きてくれるように、心を込めて、願いを込めて書きました。親として私が子供たちにしてあげられることは何だろう。こうしてガンになって、いつまで生きられるか分からない。そんな状況で私がしてあげられることは、愛しているよとただ伝えることだけ。どんなことがあっても、どこにいようと、お母さんはあなた達を生んでよかったと思っているよ。お母さんの子供として、私を母と選んで生まれてきてくれて本当にありがとうね。そう遺書に書きました。

そして、子供たちの前では絶対に弱音は吐くまいと心に誓いました。病気に負けて、弱って、かわいそうに死んでいく姿だけは見せまいと。あなた達のお母さんは最後まであなた達を愛しぬき、あなた達を世に送り出したことを誇りに思い、大きな仕事を成し遂げた喜びと共に死んでいく。その姿を見せたいと思いました。一切の泣き言、痛い、悲しい、苦しい、辛いなどはひと言だって言わずに死んでいく覚悟でした。

子供たちは、お母さんは手術をすれば、また元の元気なお母さんになって戻ってきてくれると信じていたでしょうに。

今年二十歳になった三男がその時のことを、

「お母さんが突然ぼくに遺書をくれた。これまでまだ二十年しか生きていないけど、あのときが、これまでの人生のなかでいちばん辛かった。学校で、『魔法使いになれたら何を願う?』という作文の宿題が出たとき、ぼくは迷わず『お母さんの病気をなかったことにする』って書いたよ」と言ってくれました。

ある日突然、お母さんから遺書を手渡されたその辛さは、書いた本人の私にさえ想像できません。本当に辛かったと思います。

長男と次男は私からの遺書をただ黙って受け取りました。何も言いませんでした。表情がどんなだったのか、思い出すこともできません。あの子たちの顔を見ると泣いてしまいそうで、私は顔を上げることができなかったのです。

放射線治療

ガンにもいろいろな種類があるそうです。主治医の先生の説明によると、身体の各臓器の分泌腺組織に発生する腺ガン。扁平上皮《へんぺいじょうひ》と呼ばれ、身体の表面や食道などの、内部が空洞になっている臓器の内側の粘膜組織から発生する扁平上皮ガンなどがあるそうです。どういう種類のガンなのかを調べるために、私の場合にも、細胞診をして詳しく検査しました。

ガンには血管を作って広がっていくタイプのものがあるらしく、私のガンは扁平上皮ガンで、血管を作って広がっていくタイプのガンだったようですが、検査の際に血管を傷つけてしまい、出血の量が多くなっていました。「手術できない」と言われたときには、輸血しなければならないだろうと思われるほどの出血量になっていたのです。

「こがん出血がひどかったら、血がなくなって死んでしまうっちゃないでしょうか。手術できんとでしたら、どがんしたらよかとですか?」と主治医に尋ねました。

そこで、先生はこう提案されたのです。

「まず、出血を止めるために、血管に放射線を当てましょう。放射線は一日一分、全部で三十回。痛くも痒《かゆ》くもありません。前からと後ろから、子宮の部分に当てていきます。そして、三十回終えたら、今度は『ラルス』という、痛くて苦しい治療を三回します」

手術ができないと言われ、私は途方にくれていたのですが、ともかく他に治療方法があったんだ。よかった。「ラルス」（RALS　遠隔操作式高線量腔内照射装置）なんて聞いたこともないけれど、それが済めば一ヵ月後には家に帰れる。そう思うと、ひと筋の光が見えたように感じました。

放射線治療が始まりました。一日一分、三十回。

確かに最初は痛くも苦しくもなかったのです。けれど二十五回目を数える頃になると、皮膚がやけどしたような状態になってきました。一部の皮膚がケロイド状になり、やけどを負ったようになっていた部分の皮がむけてきたのです。痛くてトイレに行けません。排泄するのが怖いので、食べたり飲んだりもしたくありません。衣服がそこにちょっと当たっただけでも、とにかく痛い。それでもなんとかようやく三十回終えることができました。

あと三回。あと三回の「ラルス」という治療が終われば家に帰れる。私の頭の中はそのことでいっぱいでした。早く帰って子供たちに会いたい。育ち盛りの三人の息子たちにおいしいものを作って食べさせてあげよう。学校から帰ってきたら、「おかえり」と元気な声で迎えてあげよう。あと三回。あと三回の治療で終わり。さびしい思いをさせてしまっている子供たちのことを思うと、いてもたってもいられない気持ちでした。

ラルス

そしていよいよラルスの治療の第一回目。六月下旬、梅雨の真っ最中。

この治療に関して特に説明も受けていません。準備するものなどの指示もされていません。とにかく放射線室に行けばいいのかな、ぐらいの気持ちでいました。その日はとても暑かったので、タオルを一枚首にかけて、地下の放射線室に向かおうと病室を出ました。

すると看護師さんが呼び止めます。

「タオルを持って行ってくださいね」

私は首にかけたタオルを看護師さんに見せて、「はい。持っています」と笑顔で答えました。

すると看護師さんは、

「いえいえ、口にくわえるタオルです」と言うのです。

その言葉を聞いた瞬間です。笑顔が消えて、急に恐怖が押し寄せてきたのです。口にくわえるタオルが必要ってどういうことだろう。何が始まるのだろう。怖い。不安が心の中にうずまいて、事態を正常に判断できない。「口にくわえるタオル」っていうのが、売店に売ってあるのかな……などと考えます。病室に戻り、なんとか口にくわえられそうなタオルを掴むと、震える足で地下の放射線室へ向かいました。

診察台へと案内され、そのときになって初めて治療の説明がされたのです。

「これから、痛くて苦しい治療をします。痛み止めなど一切使いません。麻酔もしません。なぜなら、痛み止めや麻酔を使うと、先生がずっとあなたのそばに付いていていなければならないからです。先生はあなたのそばに付いていてあげられません。ですから、今からあなたの口にタオルを入れます。耐えるしかありません。

この台の上で、あなたは一ミリも動くことができません。ですから、あなたの身体を今からこの台に固定します。その作業と器具の装着で一時間かかります。そのあと、治療に一時間。そして器具をはずすのに一時間かかります」

そう言われ、身体をグルグル巻きに固定され、口にタオルを押し込まれました。

逃げだしたい。心底そう思いました。タオルをくわえさせられる前に、帰りますと言えばよかった。されるがまま、あれよあれよという間に身体をグルグル巻きにされて、子宮に直接の放射線治療が始まりました。

もう痛いなんてもんじゃない。苦しいなんてもんじゃない。始まると同時に悲鳴を上げたのですが、タオルをくわえさせられているせいで声にならない。

どうしてこんな目に遭うんだろう。どうして？　どうして？　痛みを回避させる術は何もありません。ただその痛みを無防備に受け止め続けなければならない。誰に届くこともない悲鳴を上げ続けていました。溢れる涙を拭いたくても手を動かすこともできません。完全に思考回路がショートしてしまって、もう何も考えたくない。感じたくない。何もかもどうでもいい。自分がここにいることを呪い、果てにはこんな状況を作り出した自分自身まで呪い、頭の中にはいろんな後悔の言葉が駆け巡っていました。

やっと治療が終わって車椅子で病室まで運ばれましたが、ベッドに移ろうにも震える手足に力はありません。這うようにしてやっと自分のベッドにもぐりこみました。痛さと恐怖で硬直し続けた私の身体はもはや自分の身体とは感じられず、歩くこともできなくなっていたのです。どうしてガンになんかなったのだろう。自分を責め続け、ひと晩中泣きました。ガンの告知の時でさえ泣かなかったのに、この日は絶望も絶望で、人生は終わったように感じていました。

これは治療ではなく、拷問だ。こんなに希望を絶たれる治療をあと二回もしなければならない。そう思うと、今すぐにでも家に帰りたい気持ちでいっぱいになります。何か治療を止める理由はないか、家に帰れるにはどうしたらいいか、逃げ出す方法をあれこれ考えてみました。もう治らなくてもいいから、このまま消えてしまいたいと必死で願っていました。

あとで看護師さんが話してくれましたが、ラルスの治療中は、患者さんが悲観的になり、病院を抜け出す人もいるために、私の様子はずっと見張られていたそうです。

届いた一冊の本

数日後、二回目のラルスの治療がある前日に、当時、小学校六年生の三男が通っている学校の教務主任の先生から、一冊の本が届きました。私はＰＴＡの役員をしていたこともあり、その先生とは懇意にさせていただいていました。お手紙も付いています。

私を救ってくれた一冊の本。
『生命の暗号』

「いつもニコニコPTAの役員をしていただいてありがとうございます。この本は私がとても感動した本です。筑波での研修会に行ったとき、その講師が村上和雄先生という方で、その先生のお話にとても感動したのです。それで、村上和雄先生の本を買い求めて読んでみました。どうか、この本を読んで元気になってください」

封筒の中を開けてみると、『生命の暗号』（サンマーク出版）という本が入っていました。村上和雄という著者のお名前の上に、筑波大学名誉教授という文字。一体どんな本なのだろう。本を読んで元気になるってどういうことだろう。

明日の治療のことがずっと頭から離れず、何も手につかない思いでしたが、私のことを心配してくださって、こうして励ましてくださる方がいる。そのことが本当にありがたくて、本を手に取りページを開きました。

遺伝子とか、バイオテクノロジーなどという難しい言葉が出てきます。そんなことはこれまで自分には全く関係ない世界だと思っていました。けれども、読み進めていくうちに、目からウロコが落ちるようなすごいことが書いてあります。面白い。ドキドキしました。いつの間にか、我を忘れて無我夢中になって読み進んでいました。

ひとりベッドの上で

『生命の暗号』には、こんな文章が並んでいたのです。

「体重六十キロの人は、約六十兆個の細胞を持っている。生まれたばかりの赤ちゃんでも数十兆個の細胞を持っている」

「その六十兆個の細胞一個一個の中に、例外を除いてすべて同じ遺伝子が組み込まれている」

「ＤＮＡ（デオキシリボ核酸）＝細胞の核の中にあり、私たちが遺伝子と呼ぶ物質は、らせん状の二本のテープになっていて、そのテープ上に四つの化学の文字で表される情報が書かれている。この情報が遺伝子情報で、そこには生命に関するすべての情報が入っていると考えられている」

「ヒトの細胞一個の核に含まれる遺伝子の基本情報量は三十億の化学の文字で書かれており、これをもし本にすると、一ページ千語で千ページの本三千冊分になる。これだけの膨大な情報量を持った遺伝子が、六十兆個の細胞の一つひとつに全く同じ情報として組み込まれている」

「どの細胞も人間一人の生命活動に必要な全情報を持っているとしたら、爪の細胞は爪にしかならず、髪の毛の細胞は髪の毛の役割しか果たしていないのはなぜか。髪の毛の細胞が急に『心臓の仕事をしたい』などと言い出すことはないのか。爪の細胞の遺伝子は爪になるというスイッチ・オンにしているが、それ以外になるスイッチはオフにしている。受精卵から分裂していく過程で、細胞間で何らかの取り決め、役割分担のようなものが行われている」

私は夢中になってざっと三十ページほど一気に読んでいました。

人の身体には約六十兆個の細胞があり、その一つひとつに一ページ千語で千ページの本三千冊分の情報が入っている？　私の身体は一体どれだけ生命の情報を持っているのでしょう？　想像することさえできません。これまで当たり前のように私はこの身体で生きてきたのですが、身体の中で何かが起きているなどということに関心を持ったことはありません。遺伝子と聞いても、親から受け継ぐ素質の情報の伝達をしているというぐらいの認識でした。

読み進めていくうちに、

「遺伝子って何？」

「私の身体の中で、遺伝子はどんな働きをしているのだろう？」

という疑問が湧いてきました。気がつくと私は夢中になってページをめくっていました。

さらに、

「心の持ち方一つで、人間は健康を損ねたり、また病気に打ち勝ったりする。そこに遺伝子が関係しているのではないか。心で何を考えているかが遺伝子の働きに影響を与え、病気になったり健康になったりする。それだけではなく、幸せをつかむ生き方ができるかどうかも遺伝子の働きによるのではないか」

「人間のＤＮＡのうち、実際に働いているのは全体のわずか五パーセント程度で、そのほかの部分はまだよく分っていない。つまりまだオフになっているＤＮＡが多い」

「人間はいつも前向きで元気ではつらつとしていると、すべてが順調にいくようになる。そういうときの心の状態は、よいＤＮＡをオンにして、わるいＤＮＡをオフにする働きがある」

とありました。

いちばん驚いたのは、

「人間のＤＮＡのうち、実際に働いているのは全体のわずか五パーセント程度で、そのほかの部分はまだよく分っていない。つまりまだオフになっているＤＮＡが多い」

というところです。

これを読んだとき、それなら、わたしの眠っている残りの九五パーセントのＤＮＡのうち、よいＤＮＡが一パーセントでもオンになったら、今より少し元気になるかもしれない……と、ふと思いついたのです。つまり、わたしの眠っているＤＮＡが目を覚ましてオンになったら……？

と連想したのです。

……そして次の瞬間、

「ばんざーい！」と叫んでいました。

大きな声で、

「ばんざーい！　人間に生まれてきて良かった！」

と人目もはばからず、真夜中の二時、大声で叫んでいたのです。相部屋のガン患者さんは睡眠薬を飲んで爆睡しています。私はいくら眠れなくて辛くても、入院中、睡眠薬を飲んだことはありません。このときも暗い病室で、こうしてこのタイミングで届いてくれた本を握りしめ、ひとり感動していました。明日の治療のことを少しでも忘れられるならと読み始めたこの本に、そのとき私はこんな大きな希望をいただいていたのです。

もしその本の中に、

「すべての遺伝子のスイッチは一〇〇パーセント、オンになっている」

と書かれていたら、今頃私は生きていないだろうと思います。九五パーセントも眠っていると書かれてあったからこそ、そこに希望を見出すことができたのです。六十兆個もある細胞の、眠っている九五パーセントの中のどれか一つでもスイッチを入れることができきたら、今より少しだけ元気になるのではないか。もしそれが本当なら、絶望することなんかない！　そうか、それなら私にだって希望がある、と思ったのです。私はもう本当に嬉しくて嬉しくて、人間の無限の可能性に感動していました。

さらに、こうも書いてありました。

「私たち科学者が知りたいと思っていることが一つある。一体誰がこんなすごい遺伝子の暗号を書いたのか。ＤＮＡの構造一つをとっても化学の文字がそれぞれ対になってきちんと並んでいる。遺伝子の暗号は、人間自身に書けるはずがないことははじめから分っている。生命のもとになる素材は自然界にいくらでも存在しているが、材料がいくらあっても自然に生命ができたとはとても思えない。人間を超えた何か大きな存在を意識せざるを得ない」

「私自身は人間を超えた存在のことを、ここ十数年来「サムシング・グレート（偉大なる何者か）」と呼んでいる。そういう存在やはたらきを想定しないと、小さな細胞の中に膨大な生命の設計図を持ち、これだけ精妙なはたらきをする生命の世界を当然のこととして受け入れにくい」

人間ってすごいんだ

別のところには、

「ノーベル賞学者が束になってかかっても、大腸菌一つ作れない」

ともありました。本当にごもっともです。村上和雄先生は世界に先駆けて一九八三年に、高血圧を引き起こす原因となる酵素「ヒト・レニン」の遺伝子解読に成功された筑波大学の名誉教授です。そんなすごい科学者が、

「科学で説明できないことは何もない」

とは言わず、「生命の誕生は奇跡です」とおっしゃっているのです。村上和雄先生は〝人間の叡智を超えた大自然の力としか言いようのない存在〟を「サムシング・グレート」と名づけられました。

「人間は自然に挑戦するとか、自然を征服するとか、いろいろと勇ましいことを言っているけれど、大自然の不思議な力で生かされているという側面も忘れてはいけないのではないか」

こうおっしゃる村上先生の謙虚さと、優しくそう諭《さと》されるお人柄に、私はこの方のことをもっと知りたいと思い、先生の世界にますます引き込まれていきました。

「お父さんの染色体が二十三個で、お母さんの染色体が二十三個。一組の両親から生まれる子供には七十兆通りの組み合わせがある。最初の生命が生まれる確率は、一億円の宝くじに百万回連続して当たる確率とほぼ同じ」

すごい、想像を絶します。

それはそれは、すごい確率で一人の人間が生まれてきているのです。

「人間は生まれてきただけでも大変な偉業を成し遂げたのであり、生きているだけでも奇跡中の奇跡なのだ」

とも書いておられます。

そうなんだ。そうだったんだ。そう思うと、人間として生まれてこれたことが嬉しくて仕方ありません。

愛しい三人の子供たちも七十兆分の一の確率で生まれてきてくれたんだ。親戚も友達も、みんなみんな七十兆分の一の確率で生まれてきた。そしてこの私も、七十兆分の一の奇跡の存在なんだ。お父さんとお母さんの染色体の組み合わせ抽選で、私という人間がこの世に誕生した。生後二ヵ月で祖母に預けられ育てられた私も、七十兆分の一の奇跡で選ばれて生まれてきたんだ。私という人間はそんな驚異的な確率をくぐり抜けてきた貴重な存在なんだ。この地球に選ばれて、望まれて、生まれてきたんだ。なんてすばらしい。なんて嬉しい。ありがたくてありがたくて涙が溢れて止まりません。

みんな、そうなんだよ。この地上に生きているみんなはそれほどまでに貴重な存在なんだよ。この病院に入院している全ての人が、熊本中の人が、そして九州の人全てが七十兆分の一の奇跡で生まれてきたんだ。

溢れる涙をぬぐうこともせず、その事実がただ嬉しくて、私の意識はどんどんどんどん膨らんでいきました。日本中の人、そして世界中の人がみんなみんな奇跡の存在なんだ。

そう思ったとき、夢か幻か、私は地球から飛び出していました。グングン上へ上へと飛び上がり、はるか宇宙のかなたから、青い地球を見下ろしています。そして地球上にいる全ての人たちがそんな奇跡の存在なんだと思うと、みんな愛おしくて愛おしくて、嬉しくて嬉しくて、思わず光り輝く地球を抱きしめています。

「みんな良かったね。良かったね。地球に生まれて来ることができて本当に良かったね」

真夜中の病室。ひとりベッドに座り、隣のベッドの患者さんとの隔たりは一枚のカーテンだけ。私の意識は自分の身体を病室に残し、地球を飛び出し、宇宙空間にいて、地球を抱きしめている。溢れる涙が嗚咽《おえつ》になり、しゃくり上げながら、

「良かったね。良かったね。ありがとう。ありがとう」

と繰り返していました。

地球は光り輝いています。点々と光って見えているのは人間でした。しかしよくよく見ると、私たちの周りの自然のほうがもっと強く光っています。まるで自然が光り輝いて、人間にエネルギーを分け与えているようです。その光景を見たとき、

「人間って、地球と、地球の大自然に生かされてるんだ。人間が生きるために、地球は水も空気さえも用意してくれていて、私たちはそれを当然のように使い、汚し、さも人間だけが偉いもののように地球の上にあぐらをかいているんだ」

と気づかされたのです。

なんということでしょう。地球と自然は健気にもそんな傲慢な人間に嫌な顔もせず、自分たちの持てる全てのものを差し出して、私たちを生かしてくれていたのです。地球は本当に私たちに無償の愛を注いでくれるお母さんなのです。

私たちは生きているのではなく、生かされているんだ。それを実感した瞬間でした。

そして地球は私にこう言っているようでした。

「なんでもできるよ。望んだとおりに生きられるんだよ。望んだとおりに生きられるがゆえに、自分で病気を作ってしまう。自分で作った病気なのだから、自分で治せばいいだけのことなんだよ」

私たちは自分で自分の世界を作り出しておいて、そこで、ああでもないこうでもないと振り回されて生きているのです。自分が自分でこの世界を作っていることに気がついたら、今の現実を自分の望むとおりに変えればいいだけのことなのです。

あのときの感動は今思い出しても胸が熱くなり、涙が溢れ出ます。私は大いなる存在のサムシング・グレートに感謝しました。

「ありがとう。ありがとう」

私はサムシング・グレートの大きな愛に包まれていました。とても穏やかで、満ち足りた気分でした。ガンになったからこそ、人間の生命のすばらしさに気づくことができた。私はあとどのくらい生きられるか分からないけれど、私の命も七十兆分の一の奇跡なんだと教えていただいたのです。

六十兆個の細胞の全遺伝子に「ありがとう」

明日また辛い治療をしなければならない。

けれどこの事実を知ったからには、絶望してなどいられない。確かに明日の治療のことを思うと、不安で、怖くて、いたたまれなくなります。そんな治療をしなければならない自分の身体を不憫に思ったそのとき、私の身体からこう言われたような気がしました。

「あなたを今まで支えてきたんだよ」

なんてありがたいんだろう。なんて嬉しいんだろう。そうなんだ。この身体とは生まれてからずっと一緒だった。これまで何があっても私と共にいてくれて、私を支えてきてくれたんだ。あとどれくらい生きられるか分からない。だから、今のうちにちゃんとお礼を言っておかないといけない。そして無謀にも、六十兆の細胞の中にある遺伝子一個一個にお礼を言おうと思ったのです。

その挑戦を思いついたとき、なぜだかとてもワクワクしました。

「この身体が私の身体であってくれるあと少しの間、短い時間かもしれないけれど、心を込めて一個一個の細胞と遺伝子に、ありがとうと言ってから死のう」。そう決めたのです。これまで支えてくれた私の細胞全てにお礼を言ってから死ねたら、もう何も悔いはないと思ったのです。

まずはガンではない部分から始めました。

見える目に、ありがとう。

私の大切な人が見えることに、本当にありがとう。幼いときの子供たちの笑顔。透き通った青い空。今でも鮮明に思い出せます。見えるおかげで、消すことのできない大切なすてきな思い出がたくさんあります。見える目にありがとう。目の遺伝子にありがとう。

聞こえる耳に、ありがとう。

愛しい人の声が聞こえることにありがとう。楽しい笑い声、自然の中の鳥のさえずり。風の音。私を癒してくれたたくさんの優しい音楽。私の耳にありがとう。耳の遺伝子にありがとう。

動く手にありがとう。

愛しい人たちに触れることができることにありがとう。料理を作ったり、手紙を書くことができること。手をつないで、暖かい手のぬくもりを感じられることにありがとう。手の遺伝子にありがとう。

動く足にありがとう。

行きたいところに連れて行ってくれることにありがとう。足の遺伝子にありがとう。

髪の毛にありがとう。

働いてくれている心臓にありがとう。ありがとう。

身体のどの部分に、どれくらいの細胞と遺伝子があるのか分かりませんでしたが、ずっとずっとありがとうを言い続けました。

そのうち空が明るくなってきました。夜が明けたのです。それでもずっと、ありがとうを言い続けました。一つひとつに心を込めて、二回目のラルスの治療が始まる時間まで言い続けました。


そしてとうとうまたあのラルス治療の時間が来ました。タオルを二枚持って、意を決して地下にある放射線治療室に降りて行きました、階段を下りて行きながら、私は自分の身体と細胞にねぎらいの言葉をかけました。

「これからまた痛くて苦しい治療をせんといかんけど、もう私が痛いのはかまわない。だからどうか子宮にあるガン細胞よ。あなたは痛い思いをせんでね。本当にごめんね。ごめんね。そして今までありがとう。ガン細胞よ。愛してるよ。私が自分のガン細胞に感謝して愛してるよと言わなくて、誰が言ってあげられる？　本当に心から感謝しているよ。今まで私を支えてくれて本当にありがとう。愛しているよ」

一回目の治療のときと同じように、タオルを口にくわえさせられました。口が自由になる間は、ぎりぎりまでありがとうを言い続けました。そしてまた身体をグルグル巻きにされ、二回目の治療が始まりました。

痛くない！

不思議なことが起こりました。前回、痛くて、苦しくて、耐えられずに三時間も悲鳴を上げ続けたラルスの治療が、なんと、全く痛くないのです。どんなに痛みを探っても、どこも痛くありません。ありえないことです。これには驚きました。一回目のときにはあまりの痛さに三時間泣き続けましたが、今回は痛みがないのです。どういうことでしょう。感動して、うれし涙が止まりませんでした。

一体、私の身体に何が起こったのでしょう。明らかに私の身体に変化が起きていました。自分の細胞と遺伝子にただお礼を言いたい一心で、昨夜遅くからこの治療が始まるまでのおよそ十二時間余り、眠らず食べず、ただありがとうを言い続けたのです。数えていたわけではありませんが、およそ六、七万回は言ったのではないでしょうか。どうやらそれが、変化の理由のようです。あの激痛と今回の無痛を比べて、それ以外に考えられません。

病院から逃げ出してしまいたいほど怖いと思っていたラルスの治療だったのですが、ありがとうを繰り返していくと、「私が痛い思いをするのはかまわないから、私のガン細胞だけには痛い思いをさせないでね」という心境に変わっていました。

なにより、ありがとうを言っていると、気分がとてもいいのです。言い続けていると、ラルス治療への恐怖が薄れていくのが分かりました。

そういえば、最初はガン細胞ではない元気な細胞に向けてありがとうを言っていたのですが、途中で方向転換したのです。ガンになった細胞だってこれまで私を支えてくれていたのは同じことです。ガンなんかになりたくはなかっただろうに、ガン細胞になってまで私に何かを気づかせようとしてくれたガン細胞に対して、その健気さを心から愛おしいと思い、本当にごめんなさいという気持ちになったのです。

村上和雄先生の『生命の暗号』の中に、細胞の仕組みを説明している部分があります。

「一つの細胞の中心には核があって核膜でおおわれており、その核のなかに遺伝子があります。元をたどればこのたった一個の細胞（受精卵）からスタートして、いまのあなたがあるのです。一個の受精卵が二個に、二個が四個に、四個が八個に、八個が十六個に……と細胞が次々に分裂を繰り返し、途中からは、

「おまえは手になれ」

「おまえは足になれ」

「おれは脳に行く」

「おれは肝臓になる」

と、それぞれが手分けして母親の体内でどんどん分裂を続けて十月十日で出産。数十兆個の赤ちゃんの姿になってこの世に誕生する、というわけです」

私の細胞はこれまで一〇〇パーセント、私のために頑張ってくれていたのです。私の心の傾きや、身体に対する思いやり不足が、ガン細胞をつくってしまったのだと思ったのです。そうだとすれば、どんなにありがとうを言っても足りないくらいです。細胞たちは何

も言わずに、ただただ私を支え続けてくれていたのですから。そう思うと、私はとても自然に、ガン細胞たちに心からの「ありがとう」を言えるようになりました。そうして心からのありがとうを言った結果、とてもいい気分になり、それが、あんなに痛いはずの治療にもかかわらず、痛みを感じさせなかった原因なのではなかったのかと思ったのです。

思いもしなかった「ありがとう」の効果に、私はただ唖然としていました。痛みを軽減させるために、ありがとうを言ったわけではないのです。ただただ、自分の細胞と遺伝子にお礼が言いたかっただけなのです。

しかし私はこのことで、ありがとうには特別な力があり、それは、村上和雄先生がおっしゃっている「眠っている遺伝子を起こす」一つの方法なのだと、なぜか直感していました。

村上和雄先生のご本に出会えたのは、ほんの半日前のことです。その本によって遺伝子の存在を知り、遺伝子にありがとうを言うことを思いついたのです。思いついたという言葉は、少し違うかもしれません。「降りてきた」というべきでしょうか。六十兆の細胞全部にありがとうを言おうと思ったとき、私はなぜかとてもワクワクしたのです。後で考えてみると、あれは、村上和雄先生のおっしゃるサムシング・グレートからのサインを受け取ったからではないでしょうか。その結果、とても嬉しくなって、無意識にワクワクしたのではないでしょうか。

昨日までの私はガンであることに絶望し、辛い治療からは逃げ出したいと思い、自分が置かれているこの状況を呪うことしかできませんでした。しかし、眠っている九五パーセントの遺伝子のうち、ほんのわずかでもスイッチ・オンにすることができたのではないかと確信した今、少し、希望の光が見えたような気がしていました。

先生のご本に出会えていなかったら、またこの辛い治療に耐えられず、ますます絶望してしまっていたことでしょう。村上和雄先生の本との出会いと、遺伝子の無限の可能性にただただ感動していました。

ありがとうを言うと気分が良くなる。そのことを知った私は、そのときからますます自分の細胞と遺伝子に感謝し、ありがとうを唱え続けました。


数日後、三回目のラルスの治療を受けました。

やはりそのときも、痛くも苦しくもありませんでした。とにかく寝ても覚めても、四六時中ありがとうを言い続けました。心を込めて、一つひとつの細胞と遺伝子に、私の感謝の気持ちを伝えていったのです。ガンになっても何も言わず命がけで私の人生を支えてくれているわが細胞と遺伝子が心から愛おしく、ありがたいと思わずにいられなかったのです。

命ある限り、感謝して「ありがとう」を言い続けよう。そう心に決めました。

（第三章）新たな試練

転移

ラルスの治療を終えて一ヵ月半後、八月中旬。再び病院です。その後の経過を診る検査のためです。

最初の手術の予定日に、「残念だな。状態が悪すぎて手術できない」とおっしゃった主治医の先生を、私たち患者仲間はひそかに「鉄仮面」というあだ名で呼んでいました。いつも仏頂面で、決して笑わないのです。その先生が、私のレントゲン写真を診て笑っています。それも声を上げて笑っているのです。

「先生の笑い声、初めて聞いた。何がおかしいのかな……?」と思っていると、鉄仮面先生は、こっちを向いてただひと言、

「きれいになっている……!」

とおっしゃるのです。耳を疑い、絶句して先生の目を見つめました。先生もレントゲン写真と私を交互に見つめ、驚きの表情を隠しません。あれだけ状態のひどかった子宮がきれいになっている、ガン細胞が消えているというのです。二人で、「ヤッター!」と声を

挙げて喜び合いました。先生も一生懸命私のガンを治そうと努力してくださったのです。二人は感動していました。

しかし、病院で私が施していただいたガン治療は、あの辛かったラルスの治療の三回のみで、その前に施してもらった放射線治療は単に止血のためのものでした。手術が不可能なほど悪化していたガンが、たった三回のラルスという放射線治療で功を奏したのでしょうか。本当でしょうか。そういう事例が過去にあるのでしょうか。

「ありがとう」には特別な力があると信じて、二回目のラルスの治療から自分の細胞と遺伝子にありがとうを言い続けていた私は、「ガン細胞が消えてる」という結果に、ますます「ありがとうの力」について確信を持つようになったのです。ありがとうをたくさん言ってもらった遺伝子は、とても寝てなどいられなくなり、起きだしてきて、「工藤房美の身体を生かす」という本来の仕事を思い出し、せっせと働いてくれたおかげで、私の子宮にあったガンは消えた……？

そうに違いない、そうだ、そうだ、そうに違いない。まだ夢を見ている気分です。狐につままれた気分といったほうがいいでしょうか。

しかし、レントゲン写真を眺めて先生と喜びに浸っていたそのとき、放射線治療室から私に呼び出しの電話が鳴りました。なぜかいやな予感がしました。

喜びもほんの束の間、不安は的中しました。

ガンは、子宮から肺と肝臓に転移していたのです。自覚症状はありませんでした。これだけ最悪の症状なのに、起きてこうして話ができるというのがそもそも奇蹟だと言われました。

レントゲン写真で診ると、肺には上から下までぎっしりと水玉模様のガンが映っていました。肝臓の内側にはこぶし大のガンが、表面にも種をばらまいたようなガンがありました。

さっきまであんなに笑っていた先生が、レントゲン写真のほうを向いたまま私のほうを見ようとしません。肩が震えています。きっと泣いていたに違いありません。

「こんなことになっとるなんて……」と言ったきり、黙っています。

しばらく待合室で待たされ、再度呼ばれたときには、肺専門の先生と肝臓専門の先生が同席していました。

「とても深刻な状況です。このまま入院していただきます。レントゲンを診る限りでは、あなたはたった今死んでもおかしくないのです。この状態で起きて座っている人を、これまで見たことがありません」と言われました。

「もう入院はしたくありません。家に帰ります」と返事をすると、「肺にあるガンがいつ呼吸を止めるか分からないのですから、帰ることはできません」という厳しい言葉が返ってきました。私はしばらく考えて、そしてこう言いました。

「このまま入院したとして、私はこれから先、どがんなっとですか？」

するとと「そんなことは分かりません」とのご返事です。

「ここにいても、帰っても、私がこれからどうなるか分からないのなら、どうか家に帰してください。家族と一緒にいたいと思います」と言って、逃げるように家に帰りました。

「一ヵ月もありません」

「もう治療はしたくないな」つくづくそう思っていました。入院も治療も、もうしたくありません でした。ずっと子供たちのそばにいたいと思いました。しかし、すぐに病院から呼び出しがありました。

「抗ガン剤を打ちましょう」と言われました。子宮がこんなにきれいになったのだから打つ手があるはずだ、何とかしたいと言っています。

「そう思ってくださるとは本当にありがたいとですが、抗ガン剤はどのくらいの割合で効くっとですか？」と聞いてみました。

　すると
「一でもあれば……」とおっしゃるのです。

「え？　百のうちの一ですか？」

「そうです」と先生。

「何もしなければ、私はあとどのくらい生きられるとですか？」

「一ヵ月もありません」

　一ヵ月しか生きられないのなら、抗ガン剤を打ってる暇なんかない。私に残された時間はそれしかないのなら、その時間を目いっぱい家族と過ごしたい。何度もそう食い下がりました。それに、抗ガン剤がガン細胞の増殖を防いだり、成長を遅らせたりするということはなんとなく知っていましたが、正常な細胞までをも攻撃して免疫力が極端に低下したりするということも聞き及んでいました。先生の話では、実はガン細胞というのは健康な身体の人でも、一日に何千個も誕生しているそうなのです。それを免疫細胞がその都度退治しているので発病には至らないのですが、そのバランスが壊れて退治されずに生き残ったガン細胞がやがて、塊としての「ガン」になるのだそうです。抗ガン剤というのは全身に広がったガンをたたく有効な手立てとなる一方、正常な細胞にもガン細胞と同じような打撃を与えるようです。

二回目のラルス治療の前夜、村上和雄先生の本を読んでから、六十兆個の自分の細胞にありがとうを言い続けてきた私は、私の大切な細胞を傷つける抗ガン剤による治療に抵抗を感じていたのです。これ以上、自分の身体を痛めつけるようなことをしたくはありませんでした。

けれど、

「少しでも可能性があれば治療してみましょう」という先生のお考えに、結局、抗ガン剤を二回打ってみて、効果がなかったら、そのときは治療はやめましょうということになりました。

帽子のプレゼント

すぐに再入院したのですが、抗ガン剤の治療が始まる前に、ちょっとしたドラマがありました。

次男はオシャレをするのがとても好きで、休みの日には何度もシャンプーをするのです。おかげでわが家のほとんどのタオルは次男に使われて、他の人が使うときには棚になくなっていたりしたのです。

それである日、ニット生地の布を買ってきて、シャンプーの後に頭にかぶる帽子をたくさん作りました。そして次男に、

「シャンプーの後に使ってね」と渡しました。

再入院のときに、次男からその帽子を三個ほど借りて入院しました。毎日シャンプーした後にその帽子をかぶっていると、同じ部屋の入院患者さんが、

「その帽子かわいいね。どこに売ってあると?」

などと話しかけてくれるのです。改めて皆さんを見ると、ほとんどの方に頭髪がありません。声をかけてくださった方に
「抗ガン剤の副作用で髪がないとですか?」と尋ねました。すると
「髪がなくなっとは、しょんなかけんね……」とさみしそうです。

やはり女性にとって、髪はとても大切なものなのだとつくづく感じました。

帽子を褒めていただいたので、外出を許可されたときに、色とりどりのニット生地の布をたくさん買って帰り、リバーシブルの帽子を五十枚ほど作りました。形もサイズもいろいろです。

隣のベッドの方に作った帽子を見せて、

「お一ついかがですか？　お好きなのをお一つ選んでください。洗い替えにどうぞ」とプレゼントしました。同室の方や他の方々にもプレゼントしました。どなたもそれまで会ったこともない知らない方ばかりです。個室に入院されている方にも、お部屋にお邪魔して、

「突然ですが、手作りの帽子です。よかったらお使いください」

と言ってプレゼントさせてもらいました。

ありがとうという感謝の言葉と共に、笑顔でたくさんの方が帽子を受け取ってくださいました。中には

「私のために作ってくれたの？　ありがたいです」

と言って涙を流す方もいらっしゃいました。こうして同じ病院に入院して治療しているのも何かの縁でしょう。皆さんそれぞれ大変な状況にいらっしゃいます。私もいつ尽きるか分からない命。よそ様の心配より自分の心配をしたほうがいいのかもしれませんが、こ

ここにいる皆さんも七十兆分の一の奇跡の存在です。その尊いお一人お一人に私なりの敬意を表したいと、たいして上手な帽子ではないけれど、プレゼントさせていただきました。本当はこんなに喜んでいただけるなんて思っていませんでした。私のほうこそ、受け取ってくださった方々に感謝でいっぱいでした。

抗ガン剤治療

抗ガン剤の治療が始まりました。

あなたの場合は状態がとても悪いので、かなり強い抗ガン剤を薄めずに投与しますとの説明がありました。治療前には、「どんな副作用がおきても病院を訴えることはありません」という誓約書にサインをさせられます。人づてに聞いてはいましたが、やはりかなりきつい副作用を覚悟しなくてはならないようです。ということは私の正常な細胞もそれだけの攻撃にさらされるわけです。

私はこれまで自分の身体と細胞に無関心でいたことをきちんと謝り、お礼を言ってからではないと死ねないと思い、一つひとつの細胞にありがとうと言い続けてきました。私のそんな気持ちがようやく細胞たちにも伝わり、私と、私の細胞との間の信頼関係ができつつあった……と感じていました。その証拠に子宮にあったガン細胞は跡形もなく消えていたのです。しかし、肺と肝臓に転移が見つかり、これから抗ガン剤治療をしようとしています。……私は私の細胞たちの信頼を裏切る行為をしようとしているのではないか。健気にも、至らない私を信じて懸命に私を支えようとしている細胞たちを、自らの手で攻撃しようとしているのではないか。そう思うと昨夜はほとんど眠れませんでした。それで夜通し自分の身体に「ありがとう」を言い続けました。

投与直前十分前に、主治医の先生が来られました。

「気分はどうですか？」といつものようにお尋ねになります。私は先生の顔を見たとたん、なぜかこんなお願いしていました。

「今から私に使ってくださるお薬がどうか私の身体にとって良いものに変わって、私の正常な細胞までも傷つけないように、私にとって最善のものになるように、一緒に祈ってくださいませんか。ほんの一分ほどでいいのです。私のためだけに祈ってください。私も祈ります」

「このお薬が今ここにあることに感謝します。どうか、私の身体を元気にするために良いものになりますように……」と。

するると、鉄仮面のような先生の冷たい目が一瞬細く、優しい目になり、

「分かりました。あなたのために祈りましょう」

と答えてくださったのです。

先生は察してくださったのです。

治療の効果は一パーセントという限りなく少ない確率です。この時点で私が恐れていたたのは「死」ではなく、「〝七十兆分の一の奇跡の確率で生まれてくることができた尊い私をずっと支えて来てくれた身体と細胞〟が、私と分かり合えないまま、本当の信頼関係を築くことのできないまま、さよならしなければならないかもしれない」ということでした。

先生はそれを察してくれたからこそ、一緒に祈りましょうと約束してくださったのです。

もちろん、「一分一秒でも長く、家族と一緒にいさせてあげたい」という先生のお気持ちは、私にも痛いほど伝わっていたのです。

先生と一緒に祈ることで、その力は二倍どころではなく、三倍、四倍にもなり得るでしょう。先生の笑顔を見たら、緊張して大きく波打っていた心が、少しずつ穏やかに和らいでくるのが分かりました。

「私は決して自分のガン細胞をやっつけようとしているのではない。本来の私の身体に戻りたいだけなのだ。元気で、溌剌《はつらつ》としていて、エネルギーに満ち溢れたバランスの取れた身体。サムシング・グレートにいただいたそのまんまの身体。わずか一パーセントの確率だけど、少しでも本来の私の身体に戻るために、抗ガン剤治療を受けようと思う。私の細胞たちよ。私のその気持ちを分かってね。私の正常な細胞もこの治療でダメージを受けたとしても、私があなた達を愛して、感謝しているということをどうか忘れないでね。ありがとう。ありがとう。どんなことがあっても愛している。感謝しているよ。ありがとう。ありがとう」

覚悟を決めた私はこの治療の間中も自分の細胞一つひとつに「ありがとう」と言い続けると決めました。いつの間にか心はとても穏やかになり、自分の中で全てを受け入れる準備が整ったように感じました。

抗ガン剤の投与は五段階に分けて行なわれます。朝の九時から、一液投与が始まりました。二液、三液、四液、五液と続けて投与されます。ゆっくり時間をかけて点滴して、身体の中に入れられました。

辛く、苦しい治療になるということを覚悟していましたので、投与が終わるまでずっと「ありがとう」を言い続けると決めていました。ですから、心はとても穏やかです。

しかし、三液目が一滴、一滴と身体の中に入り始めると、血管が痛み出しました。体中の血管が痛くて、だるくてたまりません。じっとしていられないほどです。この注射をやめて、身体を楽にして欲しいと無意識に言葉がこぼれ出ました。どうしても痛みに耐えきれなくなって、痛みをこらえようと目をつぶったときです。目をつぶると真っ暗闇で何も見えないはずなのに、不思議なことに、細胞が見えたのです。大きくて、きれいな肌色をしていました。

「なにこれ？　これが細胞？」

どれくらい小さくなってこれを見ているのでしょう。大きな肌色の細胞はずっと見えなくなるほど遠くまできれいに並んでいます。

よく見ると、何か透明な液が流れてきて、その液が流れたところはどんどん色がなくなり、真っ白になって剥がれて次々に死んでいっているようでした。私の細胞が抗ガン剤によって死んでいるとはっきり分かったのです。

細胞はどんどん真っ白になって死んでいきます。次の細胞もその次の細胞も剥がれて死んでいく。私の目は抗ガン剤の液の流れと一緒になって流れ、その全てを見ていました。

だんだん見るのが怖くなりました。なんて恐ろしいことが起きているのだろうと思って目を開けると、今度は身体が痛くてたまりません。足をバタバタ動かし、歯を食いしばりました。身体の痛みに耐えかねてまた目をつぶると、自分の細胞が死んでいくのが見えます。目をつぶると、痛みはそれほど感じなくなるのですが、その代わりに恐怖が襲いかかります。その怖さに耐えられずまた目を開けると、身体が身の置き場のないくらい痛むのです。目をつぶり、恐怖で苦しくなり、また目を開けて、涙を流して痛みに耐える。そんなことが三時間ほど続きました。

四液になると、抗ガン剤はただサラサラサラと身体の中に流れていきます。身体の痛みは嘘のように消えて、さっきの気が狂うほどの三時間が全て過去の出来事のように感じられました。そして最後の五液投与のときには、ぐっすりと眠っていました。

抗ガン剤の副作用

私のガンはすでに手術さえできない状態、最終段階だと聞いていました。

普通なら、ガンが転移すると段階が一つ上がるのだそうですが、私の場合、転移してもこれ以上段階は上がりようがないのだそうです。末期中の末期ガン。一ヵ月もない命。わずか四週間しかない残りの命。それでも一パーセントの可能性にかけて抗ガン剤を打っています。

わずかに残された私の大切な時間は、抗ガン剤の副作用に耐える時間になるのだろうと覚悟を決めました。副作用の症状として一般的には、発熱、味覚や嗅覚などの感覚障害、嘔吐、脱毛などがあると聞いていました。これまで経験したことのない、辛い時間になるだろうということは想像できました。

抗ガン剤投与から三日目。熱が出始めました。身体の節々が痛み出し、少し動かしても、息をするだけでも、とにかく身体中が痛くてたまりません。歩くことはもちろん、寝返りを打とうにも、しびれた足は簡単に言うことを聞いてくれません。触られても全く感覚がないのです。熱のせいか頭もガンガンしています。喉が渇いて水を飲むのですが、いつもと違って、苦くてヘンな味がします。匂いも全く感じなくなりました。

寝ても覚めても、痛い、苦しい。いつ終わるともしれないこの苦しみに負けそうになります。その度に私は、今まで以上に私のために頑張ってくれている細胞や遺伝子のことを思いました。今このときにも、私の細胞、遺伝子は私を元気にしようと一生懸命働いてくれています。そのことに、心から感謝しよう。そう思い、「私の遺伝子たち、ありがとう。ありがとう。ありがとう」。痛いと感じる全ての場所に「頑張ってくれてありがとう。ありがとう。ありがとう」と言い続けました。

頭皮はビリビリと痛んで、枕に頭を乗せることもできません。どこかに頭を置こうとしても痛みが走ります。仕方なく座ったまま眠りました。痛くて苦しくて涙が溢れてきます。流れる涙にも、ありがとうと言いました。私の細胞と遺伝子は、あのラルスという辛い治療さえも乗り越えさせてくれた。いま身体はこんなにも辛い状況の中にいても、心臓を動かし、息をさせてくれています。私を元気にさせてやろうと、身体中の細胞、遺伝子が頑張ってくれている。そう思うと、自分の身体が健気に思えて、ありがたくてなりません。

十万回の「ありがとう」

第一回目の抗ガン剤投与から二十日が経ち、十月です。季節は秋になっています。私は退院して家で療養していました。部屋を歩いていると後ろで何やらバサッという音がします。振り返ると髪の毛がごっそり抜けて床に落ちていました。驚いて、その髪を拾い、ゴミ箱に入れようと近づいて行ったのですが、この髪の毛一本一本も私の身体の一部。そう思うとどうしても捨てることができません。一本一本の髪に、これまで私の髪の毛でいてくれたお礼を言ってから捨てることにしました。

それからというもの、毎日落ちている髪の毛を拾ってはお礼を言って、大事に紙に包んで捨てました。髪の毛は約十万本あるのだそうです。十万本全ての髪の毛に「ありがとう」と言いたかったのです。きっと、主人や子供の髪の毛も交じっていたに違いありません。それでも丁寧に集めて、一本一本に「ありがとう」と言ってゴミ箱に捨てました。お風呂場の髪の毛などは、流れてしまわないように、細心の注意を払って集めました。絶対に一本も逃さないようにかき集めて、全部に「ありがとう」と言いました。毎日毎日それをやっても終わりません。一ヵ月もない命なのですから、これでは時間が足りない。

少々焦り始めたころ、いつもは遅くまで起きている家族が、みんな一斉に早々に寝てくれた日がありました。今夜は誰にも邪魔されずに集中して髪の毛に「ありがとう」と言える。そう思って、張り切って洗面所に行き、新聞紙を広げました。毎日拾い集めた髪の毛を取り出し、一本一本に心をこめてお礼を言う作業をしていたのです。

「ありがとう。ありがとう。私の髪の毛でいてくれてありがとう」

はっきり数えていたわけではありませんが、数時間その作業を続け、数万回はありがとうを言った頃でしょうか。不思議なことが起こりました。

一本の髪の毛を取り、「今まで私の髪でいてくれてありがとう」と言うと、「ありがたい気持ち」が降ってくるのです。また「ありがとう」と言ったら、また「ありがたい気持ち」が降ってくる。言えば言うほど、ありがたい気持ちが降ってきて、まるで雪のように、私の心に、ふんわり積もるのです。「ありがとう」と発すると、「ありがたい気持ち」が心の中に降り積もっていく。心の中にたくさんたくさん「ありがたい気持ち」が積もり積もって、終いには、心いっぱいに降り積もって溢れだしてしまったのです。

「……いい気持」

これまでに経験したことがないほど心が満たされていました。自分がガンだということも、一ヵ月もない命だということも、髪の毛がないことも、そんなことが、一切どうでもいい些細なことのように思えました。ただただ「ありがたい気持ち」がいっぱい溢れ出して、嬉しくて、ありがたくて、仕方がないのです。

私の口から発せられた「ありがとう」は、「ありがたい気持ち」になって心に降ってきて、積もり積もって心に入りきれなかった「ありがたい気持ち」が溢れだして私を包み、何ともいえない良い気分になるのです。

「ありがたい気持ち」に包まれた私は最高に幸せでした。これまで味わったことのない幸福感です。嬉しくて嬉しくて、ありがたくてありがたくて、時間を忘れて無我夢中でその感動の中にいました。涙が後から後からとめどなく流れてきます。

「ありがとう。ありがとう。ありがとう」

（第四章）

遺伝子のスイッチ・オン

息子からの意外な言葉

夜中の三時を過ぎたころでしょうか、突然、洗面所のドアが開きました。高校二年生の次男が立っていました。次男は、髪の毛が一本もない私の頭と、その抜け落ちた髪の毛を握り締めて泣いている鏡の前の私の姿を見た瞬間、こう言いました。

「おかあさん、この特別な状況を楽しまなんよ（楽しまないとね）！」

びっくりしました。想像もしなかった息子からの励ましの言葉です。こんな意外な息子の言葉に、「この状況は特別すぎるでしょう！」と突っ込みたくなりましたが、「え？ この状況を楽しむの？」と返すのが精いっぱいでした。

「人の命は七十兆分の一の奇跡」。村上和雄先生の言葉を思い出しました。私も七十兆分の一の奇跡でこの世に生まれてきました。そしてこの子もまた七十兆分の一の奇跡で私のところに生まれてきてくれたのです。そんな天文学的な確率を突破して生をいただいたのです。途中で投げ出してしまっては、生まれたくても生まれてこられなかった他の魂に申し訳ありません。生をいただいたからには、どんなに辛くても生き抜くということが最も大切なことなのです。

きっとどの魂も、「自分を生きる」というチャレンジをするためにこの地球に生まれてきたのでしょう。チャレンジする題材《テーマ》は十人十色です。それぞれが自分で決めてきたお題にチャレンジするのです。自分でチャレンジすると決めた人生だとしたら、どんな状況も楽しまなければ損なのではないか。そう思うと、息子の精いっぱいの励ましの言葉が心に響きました。こんな姿の母親を見て、きっと心がすごく痛んだことでしょう。彼は歯を食いしばって言ったに違いありません。私はこの七十兆分の一の奇跡の存在である息子に、精いっぱいの感謝を込めて、髪の毛のない頭を深々と下げました。

「私の子供として生まれてきてくれて本当にありがとう」と。

そして尋ねました。

「優くんなら、どがんして楽しむ？」

すると息子は、

「いっつもせんような化粧ばするたい。そしていっつも着らんような服ば着るたい。僕がバイトでカツラば買うてきてやるけん」と言ってくれたのです。

数日後、息子は茶色の紙袋を無造作に「ハイ」と手渡してくれました。なになに？

次男からプレゼントしてもらったカツラをかぶって。

手を突っ込むと、まず値札が手に引っかかりました。そのまま引っ張りだすと、三九九九円と書いてあります。「わ！サンキューだ！」と思いました。いつも「ありがとう」と言い続けているので、三と九を見ると無条件に嬉しくなります。値札を引っ張ると、中からなんと金髪のカツラが出てきました。金髪です。「いったいどういう人がかぶるんだろう？」。いくらなんでもと思いましたが、息子のその気持ちが嬉しくてなりません。
「このカツラをかぶって、残りの人生楽しまんといかんねぇ。ありがとう。おかあさん、嬉しいよ」とお礼を言いました。息子もその言葉がまた嬉しかったらしく、さらにロングのストレートや黒のショートなど三つも買ってきてくれました。

カツラを見るたびに、あの夜、息子から言われた「この特別な状況を楽しまなんよ」の言葉がよみがえります。

四十八年間まじめに生きてきて、とにかく必死に働いて、子供たちのために頑張ってきました。私の人生の中で、自分で自分を楽しませるなんていう選択肢はなかったと気がついたのです。これまでの私ならきっとカツラを買うこともなく、誰にも会わないように家に閉じこもり、ただ耐えることを選択していたに違いありません。

「楽しんで」と息子が言ってくれた。楽しむという選択肢もあるということを教えてくれたのです。あのとき予想もしないその言葉に驚いたのですが、まさにあの瞬間、まちがいなく私の眠っている遺伝子のスイッチが音を立てて入ったのだと思います。

息子は母親の苦しいこの状況にユーモアを与えてくれました。金髪のカツラは、私に思いっきり楽しんで欲しいという息子の願いでしょう。そして意外にも、自分が本当にこの状況を楽しめていることに驚くのです。

楽しい毎日

私は金髪のカツラをかぶって買い物に出かけました。今までの自分ではなくなったようです。もちろんカツラは私に似合っていなかったことでしょう。それでも小気味よく、知らない人の視線も平気でした。いろんなところに出かけました。友達にも会いに行きました。やりたいこと、してみたかったことを思う存分やってみたのです。

ある友達から朝日を浴びるといいよと教えてもらいました。朝日を浴びる治療は実際に医療現場で行なわれていると聞き、毎日、朝日を浴びることにしました。朝日を浴びて深呼吸する――そんな余裕は今まで全くありませんでした。朝日を浴びると本当に気分が良くなり、元気になります。雨の日曇りの日には、決まった時間に同じ方向を向いて、朝日を感じました。

毎朝目が覚めると、「神様、七十兆分の一の奇跡で今日も生かされています。ありがとうございます」と言って、朝日の中に飛び出します。毎日がありがたくて、楽しくて、嬉しくて、時が経つのも忘れるくらいでした。そうしていつの間にか四ヵ月ほどが過ぎていました。

ある日いつものように朝日を浴びていると、「ああ、気持ちがいい」と感じました。なんとなく身体が軽くなっていることに気づいたのです。とても気分がいい、いえ、ものすごく気分がいいのです。確かに自分の身体に、いい方向での異変が起きている。そう確信しました。これは確かめなければならない。だから、病院に検査に行ったのです。

奇跡が起きた！

こんなことってあるのでしょうか。所せましと肺を覆い尽くしていた水玉模様のガンも、肝臓の中のこぶし大のガンも、跡形もなく消えていたのです！　ガンの告知から約四ヵ月目のことでした。鉄仮面先生は「こんなことはありえない」とつぶやきながら、どこかにガン細胞があるはずだと私のレントゲン写真を食い入るように見つめています。そして「今までこんな症例は見たことがない」と心底驚いています。

しかし確かに私は、自分の身体の変化に気づいていたのです。ここ何日か、身体がすっと軽くなり、とっても気分が爽快だったのです。この十ヵ月ずっと自分の身体と向き合ってきて、とくに抗ガン剤を打ってからの四ヵ月間は、どんな小さな動きでも、どんな変化でも見逃すまいと注意していました。だからわが身に起きた変化に気がつくことができたのでしょう。

結局、九月から十一月まで六回の抗ガン剤治療を行ないました。十一月に抗ガン剤治療を一旦終えあと、翌年の一月からまた抗ガン剤による治療をするように言われていたのですが、私は「抗ガン剤の治療はしないで様子を見ます。あの治療はしたくないです」と先生に泣きついてお願いしていたのです。

生かされていることに感謝し、自分の身体に「ありがとう」を言い続け、金髪のカツラをかぶってお友達に会いに行き、毎朝、朝日を浴びて、ワクワク楽しく過ごすなかで、自分の身体の九五パーセントの眠っていた遺伝子が目を覚ましたのではないか。遺伝子本来の仕事である「健康に生きるための活動」に加わり始めたのではないかという感覚が、私の中にはっきり芽生えてきていたのです。身体が軽いと感じたとき、私の細胞は全て元どおりの健康な細胞になった！　そう直感していたからこそ、検査をして確かめたいと思ったのです。

ですから、「ガン細胞が全て消えて、きれいになっています」という検査結果を聞いたとき、内心「やっぱり！」という喜びでした。眠っていた九五パーセントの私の遺伝子のいくつかが目覚めて活動を始めてくれたんだ、間違いじゃなかった、やっぱりそうだったんだ！　私は込み上げる嬉しさをかみしめながら、自分の直感が正しかったことに、心中、歓喜を爆発させていました。

しばらくして、あらためてこの間の大きな流れを確かめてみました。

◎平成十八年五月一日、ガンの告知。
◎五月中旬から、止血のための放射線治療。
◎六月下旬から、子宮に直接ラルスの治療。
◎村上和雄先生の『生命の暗号』と出会う。
◎身体中の六十兆個の細胞に感謝して、一つひとつに「ありがとう」を言った。
◎八月の検査、子宮のガンがきれいに消えていた。
◎でも肺と肝臓に転移していた。余命一ヵ月と宣告される。
◎九月から十一月、六回の抗ガン剤治療。
◎抜け落ちた髪の毛にも感謝したくて、十万本の髪の毛一本一本に「ありがとう」を言った。

◎生かされていることに感謝、感謝の日々。楽しく毎日を過ごす。
◎十九年三月　身体が軽くなっていることに気づき、病院で検査。ガンが消えていた。

ガンになって分かったこと

振り返ると、ジェットコースターに乗ったようなアップダウンの激しい一年間でした。
ガンと暮らしたこの十ヵ月のいろんな瞬間が思い出されました。
◎ガンと告知され、手術もできずに絶望したとき。
◎辛かったラルスの治療。
◎そして村上先生の本が届いたとき。
◎七十兆分の一の奇跡で生かされていると知ったとき。
◎六十兆の細胞に「ありがとう」と言ったとき。
◎ありがたい気持ちに包まれたとき。
◎「この状況を楽しまなんよ」と言われたとき。
◎カツラに感謝したとき。

◎朝日のエネルギーを身体いっぱいに浴びたとき。
◎おまけの人生を目いっぱい楽しもうと決めたとき……

ガンと告知されるまでの私の生活は、毎日やらなければならない雑事に追われていて、自分を顧みる余裕などありませんでした。この生活がずっと永遠に続くものと思い込んでいました。まさか自分の人生にいきなり余命一ヵ月というリミットを突きつけられるとは思いも寄りませんでした。

ガンになって、残り少ない命だと知って、この十ヵ月の間、私は一瞬一瞬を懸命に生きました。もうすぐ尽きる命だと思うからこそ、私はただ懸命に「今」を生きたのです。ガンにならなければ気づくことなどできなかったことです。そしてそのどの瞬間にも、村上和雄先生がサムシング・グレートとおっしゃる、その存在を確かに近くに感じていたのです。幼い頃、私に話しかけて来た雲さんの言ったとおり、私はいつもひとりではありませんでした。毎日生きていることに感謝して、一瞬一瞬を懸命に生きて、全てのガンが消えてなくなっていたとき、この十ヵ月は最高の特別な時間に変わっていました。夢のようでした。大声で「ガンが消えた！」と叫び出したい思いでした。

一瞬一瞬に感謝して大切にして生きるということが喜びだと知ってからは、自分がガンだということもどうだって良かったのかもしれません。それからの私はガンと戦っているとか、ガンが消えてしまえばいいとか思ったことは一度もありません。ガン細胞にさえ感謝したのです。なぜならガン細胞も私の大切な一部なのですから。共に生かされている同志だったのですから。

今ここにこうして生かされて、家族と一緒にいられて、カツラをかぶっておしゃれを楽しんで、一日一日が嬉しくて、楽しくて、ありがたくて仕方なかったのです。生かされていることにただただ感謝でした。毎日ワクワク、生を楽しんでいたのです。

昔から「病は気から」と言われていましたが、確かにこれまで私は私の負の感情によって、自分の身体を病気にしていたのではないでしょうか。身体が私のために尽くしてくれているることをいいことに、私の負の感情は、私の身体に負担をかけていたのかもしれません。

健康であるとき、私たちは自分の身体に無関心です。手足は自由に私たちの意思どおり動いてくれているのに、手足があるということさえ意識していません。足が痛くなって初めて足の存在に関心を持ち、食べ過ぎて具合が悪くなって、初めておなかを意識します。そうした身体からのアピールがなければ、自分を顧みて、

「不規則な生活で抵抗力がなくなって、風邪を引いてしまった」

「考えすぎて、胃に潰瘍を作ってしまったな」

などと反省することもありません。

正常だった細胞は、ガン細胞になることで私の「思い」の癖を教えてくれました。私の細胞はそうしてまでも私に気づいて欲しかったのでしょう。身体からの小さなサインの数々を自分が無視し続けた結果、身体は最終手段として「ガン」という形で私に主張するしかなかったのでしょう。私はただその小さなサインというアピールに対して、幼い子供の話を聞いてあげるように接してあげればよかったのです。関心を持って、注意深く話を聞いてあげればよかったのです。そして、いつも私を支えてくれていることに対して、感謝の気持ちを持っていればよかったのです。そうできていなかったことがよく分かりました。本当に申し訳なかったと心底そう思ったのです。ですから、何万回「ありがとう」を言っても足りないくらいです。

そうして私がそのことに気づき、細胞に寄り添い、心から感謝したことが、眠っている遺伝子のスイッチを入れることになったのではないかと、今になって思うのです。

ガンが消えた！　このことを早く誰かに言いたくて仕方ありませんでした。はやる気持

ちで家に帰り、家族みんなが揃うのを待ちました。全員が揃うと、

「みんな揃ったね。私の笑顔を見て！　ガンがね、全部消えとったとよ。みんなのおかげです。本当にありがとう」

そう言って、一人ずつにハグしました。

みんなポカンとしています。かあさんは何を言っているんだろう、という感じでキョトンとしています。誰も何も言いませんでした。ただただ驚いた顔で私を見つめています。思いもよらない私の言葉がみんなの脳みそに浸透するのに相当な時間を要したようです。さらに心に浸透するまでには数日かかったのだと思います。数日後、次男がボソッとつぶやきました。

「かあさんが生きてる……」


私を支えてくれた、七十兆分の一の奇跡の存在の大切な家族。あなた達がいてくれたおかげで、ガンという大きなハードルを乗り越えることができました。私もまた、七十兆分の一の奇跡の存在なのです。この地球に選ばれて生まれてきた、貴重な存在なのです。

そうして、私は大好きな地球というお母さんのふところにもう少しいられるようになり

ました。たいせつな家族とまだまだ一緒にいられるようになったのです。

今だから言える話

今だから言えることですが、鉄仮面の先生とレントゲン写真を見て、ガンが消えたと喜び合っていたとき、先生がおっしゃいました。

「実は、肺と肝臓に転移が見つかったとき、背中の腸骨（腰のあたりの蝶々の形をした骨）の根元にも転移があったんですよ。でも、もうあなたは肺と肝臓のガンで死んでしまうだろうと思ったから、わざわざ言わなかったけど」

「は？　そがん大事かこと、はよ言うてください」

その事実にびっくりしたのですが、確かにあの頃、たまらなくチョウ骨のあたりが痛くなり、眠ることもできないほどだったのです。骨のガンの痛みというのは例えて言うなら、歯の痛みの何倍も強い痛みです。まさか骨にもガンが転移していたとは知らずに、ひたすら痛みに耐えていました。

そんなとき、ある方が、

「痛みにありがとうって、お礼を言うといいよ」

と教えてくれたのです。

そこで痛みのある骨の部分に、「痛みよ、ありがとう」と言ってみたのです。するとなんと本当に、ものの三十分ほどで痛みが消えました。次の日もまた痛くなりましたが、「ありがとう」を言うと、また痛みはピタッと止まり、それ以降、痛くなりませんでした。やっぱり、あの部分にもガンがあったのです。それも「ありがとう」で消えていたのです。やはり、「ありがとう」は遺伝子のスイッチを入れるキーワードなのです。

（第五章）

村上和雄先生との出会い

村上先生への手紙

ありえないことが起きました。病院の先生も私のガンが治ってしまうなんて想像もできなかったのです。ガン治療のいちばん辛い時期に出会った一冊の本のおかげで、七十兆分の一の奇跡で生まれてきたことを知り、地球に、大自然に育まれて生かされていることに気づき、ありがたいありがたいと思い、毎日を心から楽しんでいたら、どうやら眠っている遺伝子のスイッチを入れてしまったようなのです。村上和雄先生のこの本が私を救ってくれました。私はこの本を書かれた村上先生に、感謝の気持ちでいっぱいでした。村上先生にどうしてもお礼が言いたくて、ある日お手紙を書こうと思いつきました。

私みたいなものが書いたファンレターを、村上先生が本当に読んでくださるとは正直思っていませんでした。でも、どうしてもお礼が言いたかったのです。どこに手紙を出していいやら、それすらも分かりませんでしたので、出版社に向けて手紙を書きました。

◎ガンの告知からこれまでのいきさつ。

◎村上先生のご本に出会い、七十兆分の一の奇跡で人は生まれてくるという事実に感動したこと。
◎村上先生のおっしゃるサムシング・グレートの存在を感じ、「生かされている」ことに気づかされたこと。
◎六十兆の細胞と遺伝子は常にその人のために働いてくれているということを知り、辛い治療の間、六十兆の細胞と遺伝子に「ありがとう」と言い続けたこと。
◎息子が「いまのこの状況を楽しまなんよ」と言ってくれたとき、どうやら眠っていた遺伝子のスイッチが入ったようだということ。
◎全ては偶然ではなく必然の出来事であって、大いなる導きの下にこうして村上先生のご本が私のところに届いたこと。
そして最後に「その本に感動した私は今ここにこうして元気でいられるのです。すべて繋がっているのです。これからは、自分の遺伝子が毎日喜んでくれるような選択をし続けます」と書きました。

村上先生への感謝の気持ちを綴った手紙は便箋で七、八枚にもなりました。どうか村上先生に私の感謝の気持ちが伝わりますように、と思いを込めてポストに投函したのです。

村上和雄先生と会った！

数日後、私の留守の間に、高校二年生の次男が知らない人からの電話を受け取ったと言います。

「かあさん。今日ね。どっかのじいちゃんが電話して来らしたよ」

「どこのじいちゃんね？」

「つくばのむらかみって言わしたよ」

ツクバノムラカミ？　一瞬誰だっけ、そんな知り合い、いたっけ……？　まさか村上和雄先生が電話をかけてきてくださるなんて夢にも思わなかったのです。少し間を置き、筑波大学の村上和雄先生なのだと気がつきました。

「わ、うっそー！　なんて言いよらした？　なんて？　なんて？」

思わず次男に詰め寄ります。

「熊本の玉名《たまな》に講演会で来るから、その日の十時半に会場に来なさいて。おかあさんに伝えてね、てたい」

〈愛読者カード〉

●書物のタイトルをご記入ください。

（書名）

●あなたはどのようにして本書をお知りになりましたか。

イ・書店店頭で見て購入した　ロ・友人知人に薦められて

ハ・新聞広告を見て　ニ・その他

●本書をお求めになった動機は。

イ・内容　ロ・書名　ハ・著者　ニ・このテーマに興味がある

ホ・表紙や装丁が気に入った　ヘ・その他

通信欄（小社へのご注文、ご意見など）

購入申込

（小社既刊本のなかでお読みになりたい書物がありましたら、この欄をご利用ください。送料なしで、すぐにお届けいたします）

（書名）　部数

（書名）　部数

ご氏名	年齢
ご住所（〒　　-　　）	
電話	ご職業
E-mail	

郵便はがき

料金受取人払郵便

西東京局承認

3635

差出有効期間
2026年5月
31日まで
(切手不要)

1888790

東京都西東京市柳沢
3-4-5-501

風雲舎

愛読者係行

●まず、この本をお読みになってのご印象は？

イ・おもしろかった　ロ・つまらなかった　ハ・特に言うこともなし

ご感想などをご記入下さい。

なんと村上先生は、私の名前と住所で電話番号を調べて、わざわざ電話をかけてきてくださったのです。私は飛び上がらんばかりに驚きました。村上和雄先生がこの私に電話をかけてきてくださった。もう天にも昇りそうな勢いです。講演会に行きたい。絶対行きたい。

でもどうやって玉名まで行こう。

たまたまお隣の奥さまは玉名の出身でした。しかも大手の化学研究所で遺伝子工学や細胞工学などの研究成果を基礎に、ワクチンなどの研究・開発をなさっていらっしゃる科学者です。隣の奥さまにその話をしたところ

「大丈夫。私が連れて行きましょう」と言ってくださったのです。

約束のその日、私は朝から興奮気味でした。今日ついに村上和雄先生に会える。どうご挨拶をしよう。どんなことを話そう。どんな質問をしよう。はやる気持ちを抑えることができません。

会場に着くと、係の人に名前を言い、村上和雄先生にお会いしたいとお伝えしました。するとすぐに控室に通されたのです。ドアを開けると先生が待っていてくださいました。先生は開口一番、「いったい君の息子は何者だろうね？」と言われました。息子の「この

状況を楽しんで」という言葉に先生もビックリされたようでした。

村上和雄先生はとても優しい笑顔で、静かに、おだやかに話をされる方でした。先生とお会いしたとき、私はまだカツラをかぶっていたのですが、息子から買ってもらったお気に入りの金髪のカツラを見て、村上先生は「おー、いい感じだね」と褒めてくださり、続いて「きみの手紙にとても感動したよ」と言ってくださいました。

「頑張りなさいよ、でも頑張りすぎたらいけないよ。ガンの人は頑張っちゃうってよく聞くからね。いっぱい笑っとくといいんだよ。ガンの人は、笑わないからガンになるのか、ガンだから笑わないのか……」とおっしゃっていました。

村上先生のお計らいで一番前の席を確保していただき、初めて先生の講演を聞きました。村上先生のお話はとにかく面白いのです。内容もさることながら、ときには冗談も交えながらユーモアたっぷりにお話をされます。先生のお話は私をワクワクさせてくれました。私はますます村上和雄先生のファンになっていったのです。

村上和雄先生ってすごい人だった！

村上和雄先生は、筑波大学名誉教授でいらっしゃいます。高血圧に影響を与えるとされる、ヒト・レニンの遺伝子の解読を世界で初めて成功され、大変な注目を集められました。また、心と遺伝子が繋がっているという研究をなさっていて、心の在り方と遺伝子の関係について書かれた本を多数出版されています。

次のお話は、そのときの講演で先生が話されたことですが、先生は、心の働きが遺伝子をスイッチ・オンにするということを証明したいと、いろんな方面から研究をされているそうです。「日本笑い学会」という会にも所属されていて、笑いや感動が遺伝子を目覚めさせるのではないかという研究もなさっています。先生が代表を務めていらっしゃる「心と遺伝子研究会」で、あるとき吉本興業さんの協力の下、次のような実験をなさったそうです。

「糖尿病の患者さんたちに集まってもらい、一日目は、食後に大学教授の講義を五十分聞いてもらった。その後、皆さんの血糖値の検査をしたら、なんと食前に比べて〈123〉

も上昇していた。そして二日目には吉本興業のタレントさんでB&Bの島田洋七さんのお笑いステージを千人以上の一般の人々と一緒に五十分間、同じ時間帯に鑑賞してもらったところ、糖尿病患者さんの血糖値の上昇平均はなんと〈77〉にしかならなかった。大学教授の講義とお笑いステージによる血糖値の差は〈46〉もあった。この実験結果が出る前は、アホみたいな実験だと笑われたが、当事者の糖尿病患者さんたちはびっくりされ、翌月アメリカの糖尿病学会誌に検査データが発表され、それをロイター通信と『ニューズ・ウィーク』に取り上げられ、『笑いが遺伝子のスイッチ・オンにする』と全世界に発信された」

先生のお話はユーモアたっぷりで、まるで漫談を聞いているようです。

「笑いの研究は世界中で注目されると思います。薬に代わってお笑いビデオが流行るかもしれないですね。お医者さんが『その症状にはこのビデオを見てください』などと言い始めるかもしれません」とおっしゃっていました。

副作用のない薬はないといわれています。お笑いビデオで、副作用なしに病気が治るような時代が、本当に来るかもしれません。

そんなあるとき、私は村上先生に、

「現在なされている研究で、先生が興味を持たれている研究はどんなものですか？」と質問しました。

するとびっくりしたことには、祈りの力で病気を治すという研究なのだそうです。アメリカで、これまでの年間研究予算がたったの六万円くらいだったものが、近年二百億円かけて行なっている研究があるというのです。

俄然興味をひかれた私はインターネットでアメリカの祈りの研究について少し調べてみました。米国立衛生研究所（ＮＩＨ）などの政府機関も祈りの研究に乗り出し、例えば、祈っているグループは祈らないグループよりも死亡率が五割低いなど、祈りの治療効果を裏づける研究結果もかなり報告されているということでした。

科学者と言われる方々は科学的な理論や方程式を駆使して研究を行なっていて、それゆえ無神論者で、神様とか大いなる存在などを信じたりしないのだろうと私は勝手に決めつけていました。

しかし村上先生の、

「人間の身体の六十兆個の全細胞に刻まれた遺伝子の暗号を解こうとした人は大勢いるが、それを書いた存在とはいったい誰なのだろう。これだけの遺伝子暗号を人間が書けるわけはない。その〝人間の叡智を超えた大自然の力としか言いようのない存在〟のことを、サムシング・グレートと名づけよう」

「我々科学者はどんな研究をしていても、いずれ大きな壁にぶつかる。もうお手上げだと思うようなこともある。そのときにみんな気づくんだよ。大いなる何者かがいる。大いなる存在が確かにあるということを」

とおっしゃったのがとても印象的でした。

村上先生は、サムシング・グレートが創造されたこの世界がどれだけすばらしいかを、科学的に証明しようとしているのだと思います。サムシング・グレートに少しでも近づこうと、ワクワクして研究されている村上先生のお話を聞いていると、私までワクワクしてしまうのです。村上先生たち科学者の方々の研究によって、誰がどうしてこの世界をつくったのか、その最大のミステリーの真実が、少しずつ解明されているのではないでしょうか。

私にできること

その後、また村上先生が熊本の崇城《そじょう》大学に来られたときにもお会いすることができました。そのとき、先生はやっと生えてきた私の髪の毛を優しくよしよしと撫でて、「よく頑張ったねえ」と、私ではなく髪の毛の遺伝子を褒めてくださいました。

そのとき、隣にいらした方が、

「きみの体験はね、いろんな人に話したほうがいいよ。あちこち講演して回りなさい」と言われたのです。私にそんな大それたことはできるわけはないと思っていましたので、「私は感謝の話と村上先生の話しかできませんよ」と申し上げると、村上先生ご自身が私の前にかがみ込んで、笑顔で、

「それでいいんじゃないか」と言ってくださったのです。

……私に講演なんてできるでしょうか。

最初そう思いましたが、私だから言えることがある。私にしか言えないことがあると思ったのです。

ガンと宣告されて絶望していたときに、何がいちばん必要だったかといえば、やはり希望でした。子供たちに遺書を書き、持っていた靴も服も全部捨てて、残された者が大変な思いをしないように、一人黙々と自分の葬式の準備をしました。死ぬ覚悟を決め、愚痴や泣き言を言わず、静かに死を迎える準備をしていたとき、村上先生の本は、その「希望」を私に与えてくれたのです。先生のご本を読んで、人間は自分の遺伝子の五パーセントしか使っておらず、あとの九五パーセントが眠っているという言葉に驚き、「え、そうなの！」と、私はその希望を見出しました。

先にも書きましたが、細胞一個の核に含まれる遺伝子の基本情報量は、三十億もの化学の文字で書かれていて、これを本にすると、一ページ千語として千ページの本三千冊分になるそうです。一個の細胞が持っている遺伝子の情報量です。私たちはそれを六十兆個も持っているのです。そのうちの九五パーセントも眠っているなんて、なんともったいないことでしょう。一個でも多くの遺伝子が目覚めて、ほかの遺伝子と同じように私を生かすという仕事をしてくれれば、私は今より元気になるのではないか。そのことが私にとって大きな希望になったのです。小さな希望さえあれば人は前に進めます。希望に向かって生きていくことができるのです。だから病気に苦しんでいる人に希望を持ってほしいと思います。

七十兆分の一という奇跡の確率で生まれてきた尊い自分という存在に気づき、こうして生かされていることに感謝し、自分と自分の身体に感謝して、ありがとうをいっぱい言ったら、身体が喜んで、眠っていた九五パーセントの遺伝子にスイッチが入って元気になりました、と話してみんなに教えてあげたいと思いました。苦しんでいる人たちの希望になるのではないかと思ったのです。

最初はお友達の紹介などで人づてに、一人二人と私のところに話を聞きに来られました。みなさん藁《わら》をもすがる思いで私の話を聞きに来られます。私は、これまでのいきさつ、村上先生のご本について、そしてありがとうと何万回も言ったことなど、私が経験したことを心を込めてお話しさせていただきました。そのうちに少しずつ、講演の依頼を受けるようになりました。最初はごく少人数からでしたが、その講演を聞いてくださった方がまた、次の講演会を計画してくださったり、熊本市内はもとより、福岡や大阪まで範囲が広がっていきました。

とにかく依頼されればどこにでもお話しさせてもらいに行きました。そうして地道に活動をしていると、いろんなところからますます講演の依頼が来るようになり、これまでに五十回ほど、皆様の前でお話をさせていただきました。一人で私のところに話を聞きにいらっしゃる方もたくさんいらっしゃいますが、私も仕事をしながらですから、一人ひとりに十分にお話させていただく時間がありません。一度にたくさんの人にお話をさせていただくことで、たくさんの方に聞いていただけると思い、どんな小さな講演会にも行かせていただき、お話しさせていただいています。私の話を聞いて希望を持っていただける、世の中のためにお役に立てていると思うと本当にありがたい思いです。

村上和雄先生が、「ぼくはメッセンジャーなんだ」と言われたことがあります。サムシング・グレートのメッセンジャーを努めるのが使命なのだと。私もまた、サムシング・グレートのメッセンジャーになれるとしたら、こんなに嬉しいことはありません。だから、今こうしてガンを克服し、サムシング・グレートから指名を受け、その奇跡を皆さんにお話しさせていただくチャンスをいただいているのです。

村上先生とご一緒に。

村上和雄先生へのお願い

去年（二〇一四）の十一月に村上先生が熊本に来られた際、一緒に食事会に参加させていただきました。村上先生と一緒にお食事をさせていただくなんて、最初は緊張しましたが、先生のお話があまりにも面白く、そのうち時間を忘れてぐんぐんお話に引き込まれていきました。

先生は四年前に軽い脳梗塞《のうこうそく》になられて少し口が不自由になられていますが、私のほうを向いて、「僕の本を読んでガンが治った人がいるんだから、僕も元気にならなきゃね」と冗談めかして言われていました。「科学の研究で、人は百二十歳まで生きられるようになっていると分かっているんだよ」とも話されていました。

実は、初めて村上先生にお会いしたとき、わがままを言って申し訳ないなと思いながらも、私は先生に一つだけお願いごとをしました。先生のご本に書かれてあった、染色体の組み合わせ抽選の、七十兆分の一の奇跡の確率で人は生まれてくるというお話を、先生が数多くなさっている講演会でぜひ毎回話してほしいとお願いしたのです。

自分がかけがえのない、世界中でたった一人の人間だと思ったら、みんな自分自身を大切にして、自分で自分の命を絶つなどという考えには誰も至らないのではないかと思ったのです。自分がそんなに尊い存在だと知ったら、きっと誰もが、どんなこともあきらめないで頑張れると思いました。かくいう私がそうでした。あのお話は私にとって希望そのものであり、生きるよすがでもあったのです。そういう事情を説明してお願いすると、先生は、「実はぼくは絵本も書いているんだよ」とおっしゃいました。

『世界は一つの生命からはじまった―サムシング・グレートからの贈り物』（きこ書房）という本で、葉祥明さんという熊本出身の著名な絵本作家の方と一緒に作られた本だそうです。その本こそ、あなたの言う人間に生まれてよかったと思える、生まれてくる奇跡が分かりやすく書いてある本だと紹介してくださいました。

私は早速その本を購入して読みました。自分がどんなに尊い存在なのか、子供たちにも分かりやすく、親しみやすく書かれています。とても感動しました。私はその本を、鹿児島で小学校の先生をしている弟のお嫁さんにプレゼントしました。後日、その彼女から、「とてもすてきな本を送っていただいてありがとうございます。私もこの本にとても感動しました。小学校の道徳の授業に使わせていただいています」と、返事をもらいました。

この人生は、天文学的な数字の確率で選ばれた、一部の人しか経験のできない神様からの大切な贈り物なのだ。それを知ってしまったら、誰でも自分の人生を大切に生きるようになるでしょう。ましてやその事実を子供のときに知ることができれば、大人になる過程で辛い出来事があったとしても、道に迷うことなく、自分を信じて前に進むことができるでしょう。

回復した後で行なうことになった講演でも、私は毎回かならず「みんな七十兆分の一の奇跡の存在なのです」と話しています。

ガンが治った私だけが特別な存在ではなく、七十兆分の一の奇跡で存在しているこの地球上の全ての人が、生きてさえいれば奇跡は起こせるのです、と私は断言できます。一人でも多くの人に、自分がいかに尊い存在なのかということに気づいてもらいたいと思っています。

それを知ると、もっと自分を信じてもいい、もっと強い自分になれるんだと思えるからです。自分を信じて、めげずに明るく感謝を持っていさえすれば、誰にでも奇跡は起こるのだと思います。

（第六章）

おまけの人生の楽しみ方

遺伝子が喜ぶ選択

「これから入学する大学で、長男はどんな生活を送るのだろう……」

「好きな人ができたよって報告してくれるかな……」

「来年からは長男が使っていた部屋を次男は独り占めできるから、オシャレ好きな次男にちょっと大きめのクローゼットを用意してあげられるな……。」

「そしたら、中学生になる三男も、一人部屋にしてあげられるし……」

余命一ヵ月と告げられた頃の私は、そんな他愛ない日常の数ヵ月先の未来予想図さえ、完全にぬぐい去っていました。

こうしてガンが治ってみて、やっとその実感がわき始めると、一旦そうして消し去ってしまった未来の幸せな一コマ一コマを、もう一度楽しく紡《つむ》いでいくという作業を始めていました。もうないものと思い、一度捨て去ってしまった未来の青写真。生還後の私が、一度破った青写真をパズルのように繋いでいくと、ガン発病以前のものとは明らかに違っていました。私はこの地球に七十兆分の一の奇跡で生かされていて、空気も水も食べ物も、全てをすでに与えられていて、愛情いっぱいに育まれている尊い存在なのだ。それを知ってしまった今、私が予想し、希望する未来の青写真も大きく変化していたのです。

これからの私の人生は、いうならばおまけの人生。それならばその人生を愛して、とにかく楽しもう。そう決心しました。村上先生に宣言したとおり、これからは私の遺伝子が喜ぶ選択肢しかしない。そう決めたのです。

「自分だけ治ったら、それでいいの？」

平成十八年の五月にガンと宣告されてから、ちょうど一年後の平成十九年五月。私は職場復帰することができました。まさかまた仕事ができるなんて、全く想像もしていませんでした。本当に信じられない思いです。仕事仲間も皆私の復帰を心から喜んでくれ、「おかえり！」と迎えてくれました。まだカツラはかぶっていましたが、毎日元気で仕事に出かけました。

仕事に復帰できた。また私の日常が返ってきた。そのことは本当に嬉しかったのです。

ところが、またまた遅番と早番のシフトをこなし、早朝から子供たちの弁当を作り、睡眠時間を削り、毎日忙殺されてただ日々をこなしていくだけという、ガンになる前と同じ状況に身を置くことで、また以前のように自分の人生を楽しめず、私の思いの癖が顔を出してきそうで不安になってきました。そこで思い切って、その会社を辞めることにしました。とにかく私は、私の遺伝子が毎日喜ぶことを選択して生きていこうと決めたのです。せっかくいただいたおまけの人生です。ここで妥協するわけにはいかないと感じたのです。潔く仕事を辞め、再就職先を探しました。五十歳の春。なかなか就職先は見つかりませんでした。そしてどうにか見つけた就職先はインド料理のお店でした。

最初は慣れない仕事に悪戦苦闘でした。けれど日々の体験は新鮮で面白く、片言の日本語で話すインド人のコックさんたちとの、とんちんかんなやりとりのおかげで、職場はいつも笑いが絶えることはありませんでした。来てくださるお客様お一人お一人が七十兆分の一の奇跡の存在。このお客様とは一期一会。一生に一度の出会いかもしれない。そう思うからこそ、心を込めて接客させていただきました。人との出会いの尊さを毎日つくづく感じていました。

そこに働きはじめて二年ほどたった頃でしょうか。ある朝夢を見ました。ものすごくきれいな青い空から、声が降ってきました。その声が、

「たった一人でもあなたの目の前に困っている人が現われたら、あなたは手を差し伸べてね」と言うのです。「自分だけ治ったら、それでいいの？」と問われているみたいです。

ガンを克服してからというもの、ガンが治った私の話を聞きたいと訪ねてこられる方たちお一人お一人に心を込めてお話しさせていただいていました。大変な状況にある人たちに少しでも希望を持っていただきたい。その一心で自分にできる最善のことをしていたつもりです。それなのにどうして今さらこんな夢を見るのだろう。不思議に思いながら目を覚ましました。

そしてその日の午後、ある人から電話がかかってきたのです。二年前、あのインド料理店に勤め始めて数日間一緒に仕事をしたネパール人のシェフのゴトムさんでした。

突然何の予告もなく二年ぶりに電話してきたゴトムさんはこう言うのです。

「あなたは知っているでしょう？　ネパールはとても生活が大変な国なのです。私は日本で自分のお店を開きたいと思っています。どうか私の力になってくださいませんか？」

声が少し震えているように感じました。一緒に仕事をしたとはいえ二年前の話です。しかも二年前ゴトムさんはほとんど日本語が話せなかったため、こうしてきちんと日本語で会話したのは初めてのことです。ほんの数日間しか一緒に仕事していない私に電話をかけてくるなんてよほどのことです。勇気を振り絞って電話してきたに違いありません。家族を故郷に残し、遠いこの国でゴトムさんはあれからどんな二年間を過ごしたのでしょう。そのとき、今朝方の夢が思い出されました。そうか、あの夢はこういうことだったのか！そう感じました。そして正直、「隣の家の日本人を助けるのも大変なのに、外国人を助けるハメになるとは！」、なぜかそう思ったのです。

「お店を開きたいので手伝ってください」などと、よく知らない外国人からいきなり電話がかかってきても、以前の私ならどうしていいか分からず、とんでもないと早々に断っていたことでしょう。

でも、私はもう以前の私ではありません。私は村上先生の本を読んでしまっていて、不可能なんてない、願いさえすれば必ず夢は叶うのだということを身をもって体験していますから、

「私も七十兆分の一の奇跡の存在、電話をかけてきたあなたも七十兆分の一の奇跡の存在です。あなたにできないことは何もないのですよ。その時が来たら、助けてあげるね」と答えました。その上で、「でも、私は最近までガンだったから、お手伝いするまでに再発して死んでしまったらごめんね」と付け加えました。でも約束は約束です。約束したから

には、途中で無責任にも死んでしまうなんてできないと思いました。

私はいとこ達にその話を伝えました。いとこ達とはとても仲良しです。ネパール人のゴトムさんから電話があったこと。お店を出すときにはぜひ力になってあげたいのだということを話しました。そしてもし私のガンが再発して死んでしまったら、どうか後を引き継いで欲しいと頼みました。するといとこ達は、快く私の頼みごとを引き受けてくれました。これでゴトムさんとの約束を破ることはないとホッとしたのです。

「アシード」（いとこの会）

「ゴトムさんとの約束が果たせなくなったときには、後を引き継いでゴトムさんとの約束を守ってほしい」という私の無理難題を、快く引き受けてくれたのは、そのいとこ達です。私にとっていとこ達とのつながりは特別なものです。このいとこ達がいてくれたからこそ、今の私があるといっても過言ではありません。彼らの励ましがあったからこそ、辛い治療を乗り越えることができたし、このお店も形になったのです。彼らとの繋がりを除いて、私のこれまでの人生を語ることはできません。

私たちはこのいとこ達の集団を「アシード（A SEED）」と呼んでいます。直訳すると一つの種となりますが、「私たちいとこは、一つの種から芽を出し、大きな樹木となったその枝々に、たわわに実った果実である」という意味を込めて皆で名づけました。

妹の田中尚美、弟の工藤克文。いとこの木下供美、池田いづみ、宮本雅代、工藤孝宏、藤岡美和、藤岡照彦、工藤慎剛、藤岡智彦、菅太史郎、菅絢志郎《けんしろう》、森田仁以那《にいな》、そして私を入れて十四人のいとこ会「アシード」のメンバーです。私たちいとこは、本当に兄弟のように育ちました。嬉しいときも、悲しいときも、気持ちを共有してきたのです。「ひとりじゃないよ」と、雲さんが私に言ったとおり、本当に私はいつもみんなと一緒だったのです。

「余命一ヵ月もありません」と言われたとき、この大切な仲間とさよならしなければならないかと思うと、寂しくて悲しくて、涙が止まりませんでした。もっとみんなと一緒にいたい、遠く離れているいとこにも、もう一度逢いたい、何度もそう思いました。

村上先生の本のおかげで私の命は繋がりました。私の生還を祈り続けてくれたいとこ達は、私と同じ気持ちで村上先生に感謝しています。今やみんな村上和雄先生の大ファンです。アシードのみんなも、それぞれ七十兆分の一の奇跡の存在。私たちはさらなる大きな奇跡の絆《きずな》をいただいた仲間なのです。彼らはそれぞれ結婚をして家庭を持ち、今では四十人を超える大グループになりました。

私には年の離れた兄と姉がいたと前に書きました。実際は叔父と叔母だったわけですが、その兄や姉たちが結婚して子供が生まれると、私はお姉ちゃんになったようで嬉しく、赤ちゃんのお世話を買って出たものです。一人また一人といとこは増え、いつでも子供たちの声が家の中に響き、にぎやかで慌ただしく、笑いの絶えない毎日でした。

彼らもまた成長し、今では遠く千葉県、神奈川県、そして九州一円、それぞれの場所で家庭を持って生活していますが、今なお強い絆で結ばれています。

アシードメンバーの誰かの結婚式ともなると、それはもう大変な騒ぎです。なにしろアシードにメンバーが一人増えるのですから、その歓迎ぶりたるや相当なものです。まず、結婚式では慣例として出し物を行ないます。みんな離れて生活していますので、全員が顔をそろえるのは結婚式の当日のみ。入念に計画して出し物の内容が決まると、段取りやダンスなどを収録したDVDが各家庭に送付されます。それを見てそれぞれ練習を重ね、当日、一発本番でバシッと決めます。とにかく団結力がすごいのです。アシードのメンバーなら、たとえ子供といえども必ず参加させられますので、回を重ねるごとに人数もおのず

ガン発病の２年前。いとこの結婚式にて。いとこ会「アシード」の迫力満点のパフォーマンスの後の記念写真。私は手前右（ストールを羽織っています）。

と増えていくわけです。

上の写真は、私がガンを発症する二年前のものです。アメリカの西部劇、「ローハイド」の主題歌で、みなカウボーイになりきって登場しました。

出し物の時間になると、工藤家側の席がほぼ空席になります。なにしろ、アシードは今では四十人の大グループです。その迫力と抜群のチームワークに相手方のご親族の皆さんは圧倒されます。最初はびっくりなさいますが、アシードのメンバーがいかにも楽しくダンスをしたり歌ったりするので、そのうち会場全体が一体になって手拍子足拍子。老いも若きも一緒になって踊り始めます。ふと見ると、式場のスタッフの方々も楽しそうに手拍子しています。会場全体を巻き込む私たちのパフォーマンスは評判を呼び、「私はいとこではないですが、アシードの一員にしてください」と名乗り出る人が現われるほどです。また、以前に出し物をしたことがある結婚式場で、別のいとこが結婚式をあげることになり、またまた大掛かりな準備をして会場に赴くと、

「以前、ここですばらしいパフォーマンスを披露されたご家族ですよね」と、式場の方から声をかけられました。そして、

「今日も楽しみにしています」とおっしゃるのです。

何よりいちばん嬉しいのは、これからアシードの新しい仲間になろうという新郎さんや新婦さんが、そのパフォーマンスを見て感動し、次回のいとこの結婚式にはぜひ自分もアシードのメンバーとしてパフォーマンスに参加させてほしいと申し出てくれることです。そうしてみんな一人ひとりがアシードのメンバーであることに誇りと喜びを感じているのです。このいとこ達の団結力は私の誇りです。彼らは自分たちが楽しみながらも、周りにもその楽しさを振りまき、一瞬にしてその場を一つにしてしまいます。そんな不思議なパワーを一人ひとりが有しているのです。

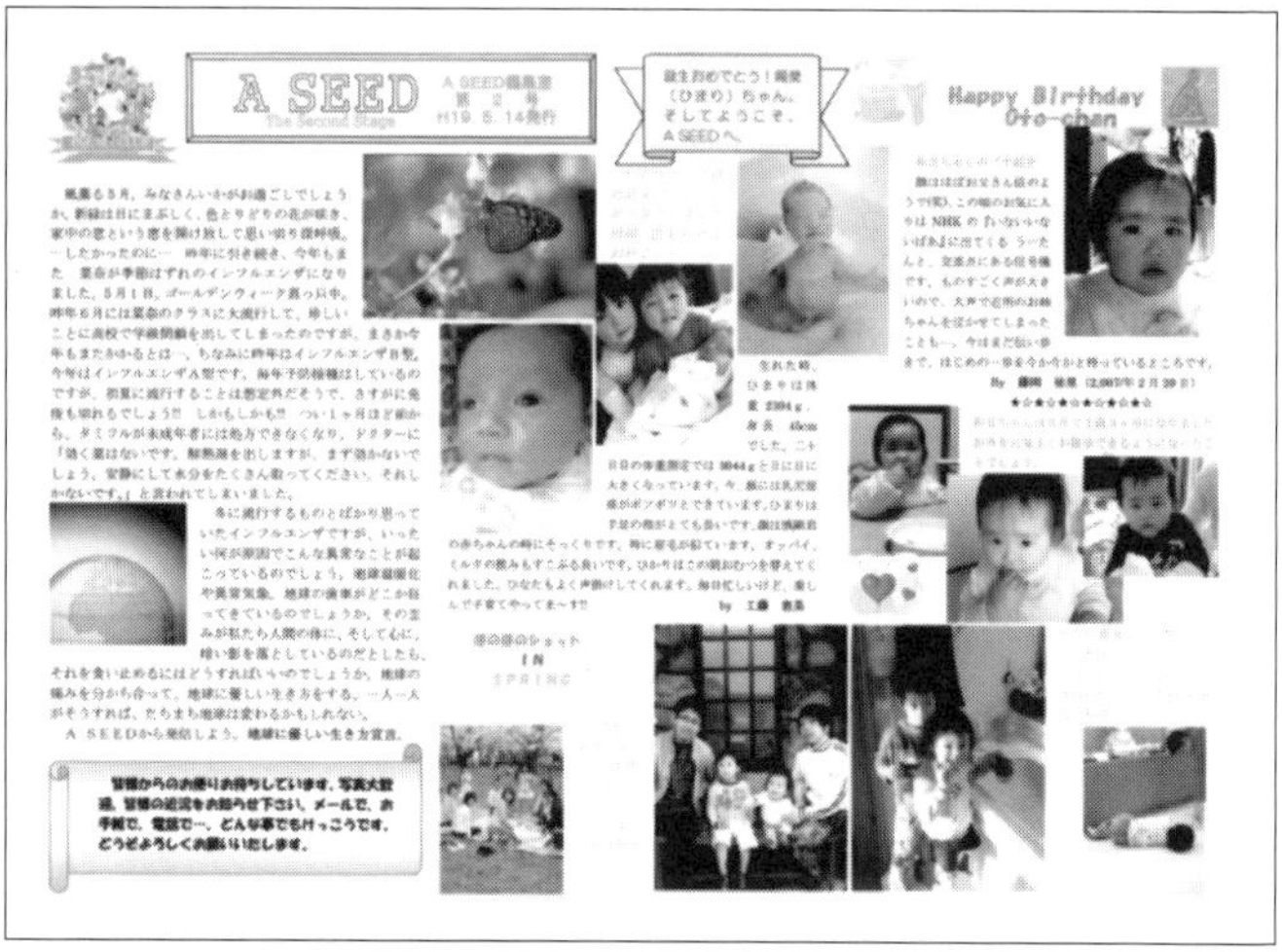

アシード会員の近況を伝える「アシード新聞」。当初は手書きだったが、回を重ねる毎に新聞らしくなった。編集者はアシード次女の木下供美。

また、私たちは年に数回、バドミントン大会やグランドゴルフ大会などを計画しては、その日一日スポーツを楽しみ、夜は全員でバーベキューを楽しみます。とにかく、みんなアシードのメンバーに逢いたいので、何かにつけて集まる口実を作るのです。

一日体育館を借りて、みんなで設営します。本格的に開会宣言、選手宣誓をした後、準備運動をして試合開始。この時ばかりは、優勝を目指して真剣に戦うのです。一緒に流した気持ちの良い汗と、意図せず出してしまった珍プレー好プレーは、その後のビールのよいつまみになるのです。

また私たちは、いとこ新聞「アシード」を発行し、遠く離れて暮らす皆それぞれの近況を知らせ合ったりします。

私の闘病中も、みんなは連絡を取り合っては代わる代わる会いに来てくれました。入院中はいちばん近くに住むいとこが、毎週奥さんと子供を連れて来てくれました。私に食欲のないときは、私好みのお弁当を作って来て、病室で一緒に食べさせてくれました。抗ガン剤治療で苦しいときには「がんばれ」のメールが一斉に届きました。こんなにも私を応援してくれて、私に元気をくれるいとこ達とは、離れたくない、必ずもう一度逢いたいその思いが私に勇気と力をくれ、辛い治療を乗り越えることができました。

インド・ネパール料理を始めるにあたり、ナンの選択で困っているときも、「ナンば食べに来んね」と呼びかけ、福岡、大分、宮崎、鹿児島の各地からいとこ達が集合して、試食が続きました。それで現在のナンが定着したのです。みんなのおかげで結果は上々の評判で、遠くは福岡、宮崎からもわざわざうちのナンを食べに来てくださいます。こんなおいしいナンは他にないといってくれます。宮崎在住のあるアメリカ人の女性は、うちのカレーとナンをとても気に入ってくれて、アメリカからご両親が日本に訪ねてこられたときも、ご両親に食べさせたいと言って、一週間の滞在中二回も、わざわざ宮崎から食べに来てくれたほどです。たくさんの方に喜んでいただいて、本当にありがたいです。

さらに、ネパール人のゴトムさんから、「日本でお店がしたいので手伝ってください」と電話があったとき、ゴトムさんとの約束を果たせないままガンが再発したらどうしようという私の不安な気持ちを察してくれ、

「房美ねえちゃんがゴトムさんとの約束を果たせない状況になったら、私たちが代わりに約束を果たすよ」と言ってくれたのです。そして一緒にゴトムさんに会いに行ってくれました。いとこ達はゴトムさんと初めて会ったにもかかわらず、まるで昔からの友達のようにすぐに打ち解け、日本語のままならないゴトムさんと意気投合していました。

インド・ネパール料理店開店のときも、ブログの立ち上げや、ウエルカムボードの作成など、みんなで手伝ってくれました。そして代わる代わるお店のカレーを食べに来てくれました。みんなここのカレーとナンが大好きです。

アシード次女からのメール

「私の経験を本にして、たくさんの方に読んでもらいたい」

左端木下供美、その隣が私。そしてロータスのブログを担当のアシードメンバーの池田いづみさん。左から、コックのオームさん、ミンさん、バンダリさん。

アシードの仲間にそう相談したとき、いちばん年の近いいとこが、その夢の実現のために手を貸してくれました。木下供美です。この本の制作は彼女なしではありえませんでした。私がアシードの長女なら、彼女は次女のような存在です。年が近いこともあり、価値観、考え方、共通する部分をたくさん持っています。この本の制作にあたり、ここ数ヵ月、彼女は私の言葉の一つひとつを拾い出し、私と気持ちを共有し、それを文章化するという作業にとり組んでくれました。

そのプロセスの中で彼女が感じたことを、私にメールしてきてくれました。私はこれを読んだときとても感動しました。

このメールは、私と彼女、そしてアシードとの関係がとても分かりやすく伝わる文章になっていますので、紹介させてもらいます。

房美ねえちゃん。

こうして改めて、房美ねえちゃんのガンの体験を文章に起こしていく作業を通して、今だから理解できる房美ねえちゃんの真実の思いや、さまざまな気持ちなどが浮き彫りになってきました。それと同時に、房美ねえちゃんを失うかもしれないという、あのときの恐怖感もよみがえってきて、少々複雑な気持ちでパソコンの前に座っています。ただ言えるのは、「おねえちゃん、今こうしてここにいてくれてありがとう」。そのひと言に尽きます。房美ねえちゃんの体験から私もたくさんのことを学びました。

私たちは、子供時代同じ家に住み、数年間を共に過ごしましたね。七歳年上の房美ねえちゃんにかまってほしくて、そっと部屋をのぞきに行っては勉強の邪魔をしたものです。房美ねえちゃんの布団にもぐり込むと、「しょうがないねぇ」といいながらも、よくいっしょに添い寝してくれましたね。あのときの房美ねえちゃんの歯磨き粉のさわやかなミントの匂いを、今でも時々思い出します。

それぞれ大人になり、遠く離れて生活するようになっても、私たちの絆はより強く、深いものになっていったように思います。私たちはそれぞれの全く違う人生の体験のなかで、ある共通の課題を課せられていたように思うのです。

この本の制作にあたり、房美ねえちゃんの言葉を文字にしていくプロセスのなかで、その課題が何であったのか、答えがなんとなく分かってきたような気がします。

房美ねえちゃんがガンと向き合い、自分の命をとことん見つめる作業のなかで、

「私たちのその人生の中でたびたび突きつけられる難問には、意味があるのだ」

「私たちは『愛』と『感謝』を学ぶために生まれてきたに違いない」

ということを確信するようになりました。そして私もこれまでの自分の人生の中でいろいろな経験をして同じ思いを確信するようになり、それぞれ全く違う経験を通して、二人の意見は一致したのです。私たちは別々のコースをたどり、その答えにたどり着くよう、目に見えない大きな存在に導かれていたのだと思うのです。

その存在こそ、村上和雄先生がサムシング・グレートと呼んでいる存在であり、サムシング・グレートは房美ねえちゃんにその尊い経験をメッセンジャーとして世の中に問う使命を与えたのです。そして私にその手伝いをさせてくれるよう計らってくれたのです。

房美ねえちゃんは誰も成しえないような尊い経験をしました。死に直面したその経験は私には想像もできません。

病床のあなたを見舞いに行ったときのことです。抗ガン剤治療によって髪が抜け始めていました。房美ねえちゃんは自分の身体のことはそっちのけで、私に逢えたことを喜び、私の身体をいたわる言葉をかけてくれましたね。私も房美ねえちゃんの顔を見たら安心してしまい、二人で笑いながら他愛のない話ばかりをしていました。楽しそうに笑っている目の前のおねえちゃんが、あと数週間で死にゆく人にはとても見えませんでした。ただこの地球にたった今存在していることに感謝し、生きることを楽しんでいました。自分の置かれた状況に、自分の身体に、ガン細胞にさえ「ありがとう」と感謝して、全てを受け入れて愛しているあなたは、サムシング・グレートの愛に包まれて輝いていました。あなたの微笑みは天使のようでした。

私は房美ねえちゃんの言葉を一つひとつ文字にすることで、ほんの少しだけ房美ねえちゃんの経験を共有させてもらうことができたのです。そして強く思いました。

「この事実を一人でも多くの人に伝えなくてはならない。房美ねえちゃんが体験したこの事実は今苦しんでいる人たちの大きな希望の光になる」と。私もサムシング・グレートのメッセンジャーとして、ほんの少しのお手伝いができるとしたらこんなに嬉しいことはありません。

「袖《そで》振り合うも多生の縁」と言われますね。道のいきすがりに、袖が振れ合うというような、偶然でほんのささやかな出会いであっても、それは前世からの深い縁で起こるということわざです。この人生で、これまですでに何十人、何百人の人と「袖が振り合った」ことでしょう。

人が一生のうちに出会う人の数は一説によると、何らかの接点を持つ人が三万人。そのうち近い関係（同じ学校、職場、近所など）が三千人。さらにそのうち親しく会話を持つのが三百人。友人と呼べるのが三十人。親友と呼べるのが三人、なのだそうです。

房美ねえちゃんと私はこれまでの輪廻転生のなかで、共に魂を磨き合う強い繋がりのソウルメイトだった……私はそう確信しています。今生においても、こうして助け合い、影響し合い、魂を磨き合うことを約束してきたのでしょう。「アシード」のメンバーも皆、その前世において、お互いに魂を磨き合うソウルメイトだったのだと思います。

「私たちいとこは、一つの種から芽を出し大きな樹木となったその枝々に、たわわに実った果実である」。それぞれ違う環境に生活していても、同じ根っこを持っています。

一つの実が太陽を浴びて喜びでいっぱいになると、その幸せの波動は枝を伝い、幹を駆け抜け、根っこを介し、他の実も喜びでいっぱいになるのです。一人の経験を皆で共有し、人生をより豊かに充実したものにできるのです。

私もアシードのみんなも、房美ねえちゃんの貴重な経験とその思いを、共有することができたと思うのです。また房美ねえちゃんも、「房美ねえちゃん、大好きだよ」「元気になって！」という私たちの思いとたくさんのエネルギーを受け取ったからこそ、生きる希望を見出せたのではないでしょうか？　私たちはお互いに磨き磨かれ、影響を与え合うソウルメイトなのです。

房美ねえちゃんは病室のベッドでひとり、村上和雄先生の本を読み「地球上の一人ひとりが七十兆分の一の奇跡の存在」だという事実に感動し、地球を飛び出して宇宙空間から地球を眺めました。地球上にはたくさんの人たちが生活しているビジョンが見えたのですよね。実は、地球上の一人ひとりも「地球という大きな樹木の枝々にたわわに実った果実」であり、一人の人間の喜びは枝を伝い、幹を駆け抜け、根っこを介し、地球の裏側にいる人も喜びでいっぱいになるのではないでしょうか。今、この地球に存在している七十兆分の一の奇跡の存在である全人類が、「多生の縁」で繋がっているのです。今ここに存在するというまさにそのことによって、全ての人に影響を与えているのです。つまり、全ての人が魂を磨き合うソウルメイトなのです。私はそう思います。

一人でも多くの方が、この本を手に取り、希望の光を手に入れていただきたいと思います。房美ねえちゃんが宇宙空間から見たビジョンのように、一人の人間が受け取った光が枝を伝い、幹を駆け抜け、根っこを介し、世界中のみんなの希望になり、みんなキラキラ輝いて、その光がまた光を呼び、地球が光でいっぱいになりますように。

（木下供美）

「袖振り合うも多生の縁」。私もたくさんの出会いをいただいています。「七十兆分の一の奇跡の存在」というセオリーを知ってからは、ますますたくさんの人との出会いをいただき、そのお一人お一人と出会えたことに心から感謝しています。供美の言うとおり、出会う人みんな、磨き合い、影響を与えるソウルメイトなのでしょう。たとえ出会えていない人たちであっても、この地球に存在している以上、なんらかの影響を与え合っているのです。みんなみんな繋がっているのです。全人類がソウルメイトなのです。その中でも、特別なつながりを感じさせてくれる家族、アシードのみんな、そして不思議なご縁でつながったゴトムさん。私はそんな大切な方たちと、特別に大きな根っこを共有しているのです。

ゴトムさん

ゴトムさんはネパールのグルミ地方に、十人兄弟の九番目として生まれました。貧しい村で、村人はみんな農業をして野菜を作ったり、牛を飼ったりして生活していました。ゴトムさんのおじいさんはその村の祈祷師で、村人の病気を治す仕事をしていました。若い頃シバ神のパワーをいただき、その代わりに足の自由を失ったということです。たくさんの村人の命を救った有能なシャーマンだったそうです。

お父さんも占星術による占いの仕事をしていました。今からわずか三十年前、各々の家庭に時計などもなく、ゴトムさんのお母さんは、星の位置で季節や時間が分かっていたといいます。水汲みは子供たちの仕事でした。毎朝四時から五時頃には水汲みに井戸のある村のはずれまで行くのですが、その日に使う水を村の住人が一斉に汲みに行くので、数時間、行列に並ぶこともしばしばでした。

水汲みが終わると学校に行きます。学校まで歩いて一時間半かかりました。

一緒にインド・ネパール料理店を立ち上げたゴトムさん。

学校を卒業すると皆仕事を求めて町へ働きに行きました。ゴトムさんも十七歳のとき、家を出てインドに働きに行ったそうです。家から歩いて十二時間でやっとバス停に着き、そこからバスに乗ってインドへ旅立ちました。村を出るのも、バスに乗るのもそのときが初めてです。若いゴトムさんには何もかも新鮮に映りました。

インドでコックとして修行をし、数年後にはアラブ首長国連邦のドバイで働きました。そして三十一歳のとき、家族をネパールに残し来日。現在三十八歳のゴトムさんは日本に来てかれこれ七年になります。

私と出会った頃のゴトムさんはまだ日本に来たばかりで、全く日本語が話せないようでした。インド料理店でほんの数日間、一緒に働いたのです。そのお店の日本人スタッフは私一人で、言葉が通じなくて苦労していました。私はいつもネパール語と英語と日本語の辞書を持ち歩き、伝えたい言葉を探しては辞書の上に指を差したりして、どうにかコミュニケーションをとっていました。

文化の違いはもちろんのこと、食べ物を扱うお店として衛生面で注意してほしいことなど、さまざまなことを伝えるのに毎日大変なエネルギーを使いました。私がその辞書を使っているのを見て、日本に来て間もないゴトムさんはその辞書を指差して、「これ、欲しい」というジェスチャーをしました。私はすぐに本屋さんで新しい辞書を買い求め、ゴトムさんにプレゼントしたのです。ゴトムさんはとても喜んでくれました。数ヵ月後ゴトムさんに会うと、その辞書は使い込まれてボロボロになっていました。どれほど勉強したのでしょう。全く喋れなかった日本語を自由に操って話しています。驚きました。

十七歳でネパールを離れ、インドでも、ドバイでも、日本でも、彼はその時その時の仕事をするため、生きるために、常に最大限の努力をしてきたのです。今や彼は六ヵ国語を自由に操ります。生きるために必要だから、それを習得するために努力するのです。彼はこうして学べることに感謝し、日々向上することに喜びを感じています。物が溢れ、教育の機会も平等に与えられている日本人ですが、この恵まれた環境を当たり前だと思って私たちは感謝さえ忘れているようです。学ぶことに対するゴトムさんの姿勢を見ていると、学べるということがどれほど尊いことなのか、私たち日本人も、もうちょっと思い出してもいいのではないかと感じます。

ゴトムさんの不思議な力

ゴトムさんと一緒に働いていると、不思議な出来事をよく目にします。ドアが開き玄関からお客様が入って来られると、「いらっしゃいませ」というが早いか、ゴトムさんはまだ注文も聞いていないのに、すぐに料理の支度を始めることがあります。最初の頃、私はそのことにびっくりしていましたが、今ではもう慣れっこです。ゴトムさんにはそのお客様が何を注文されるのかが分かるのです。なぜ分かるのと聞くと、日本人の私たちに対して、「どうして分からないの？」とポカンとしています。

ある日、若いご夫婦の常連さんがうちのお店で食事をされて、お帰りになった後、ゴトムさんが、「奥さんはおなかに赤ちゃんがいるね」と言うのです。おなかが大きくなっていたとは思えなかったし、女性の私が見てもいつもと変わったところはなく、まさかそんなことはないと思っていたのです。二ヵ月後、そのご夫婦がまた食事に来られました。そのとき初めて奥様は「妊娠しました。三ヵ月です」と口に出したのです。ということは、ゴトムさんが赤ちゃんの存在を言い当てた二ヵ月前は、まだ奥様本人も妊娠に気づいていなかったのではないでしょうか。

またこんなこともありました。

「この方と結婚することになりました」と、私の友人がフィアンセを紹介しにお店に来て、結婚式の招待状を置いていきました。彼らがお帰りになると、ゴトムさんが、「あの二人は結婚しないよ。夫婦にはならないよ」と言うのです。結婚式の招待状まで準備しておいてそんなことはないだろうと思っていると、一ヵ月後、「事情があり結婚しないことになりました」と連絡があったのです。

ゴトムさんのおじいさんは村のシャーマンで、シバ神のパワーをいただいていたといいますし、お父さんも占星術の占いを仕事にされていたといいます。それだけに、ゴトムさんも人並み外れた霊能力を備えていても不思議ではありません。そんなゴトムさんの作る料理を食べた人たちは、決まってとても幸せな気持ちになるようです。

こんなこともありました。

もうずっと何も食べていない、水さえものどを通らないとおっしゃるある食道ガンの方が、ある日、私のガン体験の話を聞きに来られました。私がその方にお話をさせていただいている間、何も食べることができないのだと知ったゴトムさんは、自慢のトマトスープを作り、

「ひと口だけでもいかがですか？」とその方に差し上げたのです。

「せっかくなのでいただきます」とゆっくり飲み始めたのですが、

「なんておいしいんだろう。これまで食べたことのない味です。ありがとう。本当においしいです」と言って、最後の一滴まで飲み干しました。

ご主人がトマトスープをお飲みになっている横で、奥さまが泣いています。そしてご主人がトマトスープを飲み終えるまで、奥さまはその様子を幸せそうに見ていました。私もトマトスープを作ったゴトムさんも、お二人のそんなご様子にただ感動していました。

私が初めてゴトムさんのトマトスープを食べたときの衝撃は忘れられません。もともとトマトが食べられない私は、トマトスープと聞いただけで拒絶反応でした。しかし、飲ん

でみて本当に驚きました。これが本当に私の嫌いなトマトなんだろうかと思うほどです。ゴトムさんのトマトスープは、本当に元気が出ると評判を呼び、今ではたくさんの方に喜んでいただいています。

念願のインド料理店

「自分のお店を出したい」と電話してきたとき、ゴトムさんは大阪のカレー屋さんでコックとして働いていました。しかしそのお店との契約が終わるまでにそれから三年かかりました。私たちは必ずチャンスが巡ってくることを信じて、諦めずにその時が来るのを待ったのです。ゴトムさんが私を信じて、私を頼って、勇気を振り絞って電話してきてくれた。そのことがただ嬉しく、ありがたくて、その三年間、私も元気でいることができました。約束を果たさないまま先に死んでしまうわけにはいきません。

ようやく大阪でのゴトムさんの仕事の契約も終わり、二人で準備に取りかかったのですが、不思議なほどいろんなことがトントン拍子で進みます。ガンの講演会で知り合った方の知人が小さなお弁当屋さんだった場所を所有していて、「うちに使いようらん店があるけん、そこで商売したらええよ。つこうてよかけん」と言ってくださったのです。

早速ゴトムさんと一緒にお店を見に行きました。小さいながらも、立地条件などは良く、厨房にある真新しい機材も使っていいとのこと。ゴトムさんはその小さなお店がすぐに気に入りました。狭いのでテーブルは五つくらいしか置けませんが、ここが自分たちのお店になるのです。ワクワクしました。

これまでお店の経営なんてしたこともない五十半ばの普通の主婦と、ネパールから日本に来た若いコックが、タッグを組んでやっとここまでたどり着きました。ここまで来ることができたことがそもそも奇跡です。全て手探りで始めなければなりません。何もかも一からです。元手もないので、お店は全部手作りです。

しかし、私たち二人の意見は一致していました。とにかく楽しんでやろうね。おいしいものを作ってみんなに喜んでもらおうね。お金儲けではなく、自分たちもお客様も幸せになれるお店を目指そうね。ガンが治ってからいただいたおまけの人生。自分も楽しんで、みんなも楽しんでくれたら、他に何も望むものはありません。ゴトムさんも日本で念願の自分のお店ができて、自慢のカレーを食べてくれた人たちが喜んでくれたら、こんなに嬉しいことはないでしょう。

そのとき私たちは何も持ってはいませんでしたが、感謝と希望だけはありました。ガンを克服したとき以来、私はこの二つだけは持っていたのです。この二つを持っていると、不思議と全てはスムーズにいくのです。何があっても大丈夫だと思えるのです。

開店準備

お店を始める手続きはとても大変でした。私たちのお店は、もちろんゴトムさんの自慢のカレーとナンが食べられるインド料理のお店です。けれど、ゴトムさんの故郷であるネパールの料理も楽しんでもらいたい。そこでインド・ネパール料理店とすることにしました。まず、お店の営業許可をとる手続きをしました。それと並行して、このインド・ネパール料理店で働くシェフをインドとネパールから呼ぶ手続きをしなければなりません。ネパールのシェフと連絡を取りながら、必要書類を提出するのに、何度も何度も入国管理局に足を運びました。結局、審査や書類提出に数ヵ月かかりました。

お店を始めるために用意できた資金はごくわずかです。予算内でいろんな手続きをしなければなりませんが、なんだかんだと予想外の支出も出てきます。書類のやり取りに時間がかかるとそれだけ経費がかさんでしまいます。入国管理局への交通費もばかになりません。それでもなんとか手続きを完了しました。

次に、ナンを焼く「タンドール」という釜を注文しました。インド・ネパール料理には欠かせない料理器具です。それから、お弁当屋さんだった店内をインド風のインテリアにする作業をしました。その際に苦労したのが、厨房の壁や天井、床などに長年堆積した油汚れの掃除でした。この作業になんと二週間かかりました。来る日も来る日も雑巾で壁や天井を磨きました。そのときのことを思い出し、「あのときは本当に大変だったね」とゴトムさんに言うと、ゴトムさんは、

「労働するっていうことはそういうこと。そんな作業がきついというなら、お店しないほうがいいね。きついのは当たり前。きつくない仕事なんてないでしょう？」と一喝されてしまいました。彼らは本当によく働きます。

机や椅子を配置したり、お弁当屋さんだった店内を、インド風のインテリアにするなど、やるべきことはたくさんありました。店の看板も自分たちで書きました。お店の名前は「インド・ネパール料理店　ロータス」。お釈迦様があぐらをかいて植物の上に座っていらっしゃる姿をよく絵などで目にしますが、その植物、「蓮《はす》」のことです。みんなで話し合っ

て名づけました。

先にも書きましたが、ゴトムさんは六ヵ国語を話せます。これまでいろんな国で働いた経験から、その国々の言葉を勉強し、コックとして修行し、とにかく自分を向上させた努力の結果です。

そのゴトムさんに、お店を始める前に、私はある大きな宿題を出しました。まず熊本のインド料理店とカレー屋さんを隅から隅まで回って、すべてのお店のカレーを食べてもらいました。その上で、「ほかの店のものとは違うナンを作ってほしい。研究して、うちの店独自のものを作ってください」とお願いしたのです。これだけはどうしても聞いて欲しいと添えました。

ナンを焼くタンドールという大きな釜は、特別にインドから買い付けました。彼らはこの釜でナンを焼きます。ゴトムさんにとっては、初めての自前の釜です。これで日本人の口に合うおいしいナンを作ろう。ゴトムさんは俄然張り切って、その日から数日間ほとんど寝ずに、独自の、おいしいナンの研究を続けました。試作品を、毎日二人で食べ続けました。途中、さすがに私もしんどくなって、あ、そうだと気がついて、いとこ達に応援を頼んだのでした。

文化の相違

ネパール人と仕事をしていると、毎日いろんな出来事があって、その度に文化の違いを感じさせられます。

ネパール人と日本人とでは食文化が大きく違います。うちのシェフ達は、朝仕事始めにチャイというお茶を飲みます。朝食は食べません。十五時前に自分たちで作ったカレーを食べ、そして十七時過ぎにまたチャイを飲みます。夜は二十二時過ぎに仕事を終えて、それから夕食を食べます。一日のうちでチャイタイムが二回。食事が二回です。ヒンズー教なので牛肉は食べません。

食文化の違いもさることながら、私が講演するときによく引用させていただくのが、彼らの感謝の文化についてです。

彼らは朝、仕事場である厨房に入ると、必ず「火」と「水」の神様に感謝の言葉を捧げます。水道の蛇口に向かい、「ありがとうございます。水の神様」と唱えて頭を下げます。そして次は、ガス台のところでまた、「ありがとうございます。火の神様」と言って頭を下げ

朝、ヒンズー教の神、ガネーシャ（あらゆる障害を排除する神）とラクシュミ（美と豊穣と幸運をつかさどる神）に祈りをささげるゴトムさん。

ます。タンドールというナンを焼く大きな釜の火の神様にも、「今日も仕事をさせていただきます。ありがとうございます」と唱え、丁寧に頭を下げます。彼らは彼らの神だけでなく、万物に敬意を払うのです。

彼らの感覚に、〝作り置き〟や〝保存食〟という概念はありません。彼らはそのとき目の前にある、少ない貴重な食材に敬意を払い、感謝して、丁寧に調理していきます。日本のように食べ物が豊富にあるわけではないのです。ですから食べ物を粗末にしたり、食べ残したりということはありません。彼らが作る料理はいつでも作りたてで新鮮で、なにより食

「ロータス」のコックさん。

べ物への感謝が込められています。ゴトムさんのトマトスープもそうですが、うちのコックさんたちが作った料理には、食べ物に対する感謝、火の神、水の神に対する感謝、食べてくださるお客様に対する愛と感謝でいっぱいです。だから食べた人がたちまち元気になるのです。

たまにお客様が料理を残して帰ってしまうと、彼らはとても悲しみます。大切な資源を粗末にする行為は、彼らには考えられないことです。食べきれなくて残ったものを、お客様の口から「もうお腹がいっぱいなので、持って帰ります」と言ってくださると、彼らは本当に嬉しい顔をします。

今の日本には水道やガスや電気もあるのが当たり前。そういうものにわざわざ感謝することもありません。飽食といわれて久しく、食べ物に対しても感謝するどころか、平気で捨てたり、粗末に扱っています。ガンになって、自分の六十兆個の細胞に感謝して、十万本の髪の毛に感謝して、目の前の全てのことに感謝できるようになったと思っていた私ですが、生活の中に、自然に感謝のある彼らの生活に心動かされました。水も空気も、そこに当たり前にあるのではないのです。全ては、私たち地球で生活するものへの、神様からのプレゼントに他ならないのです。あらためてそのことに気づかされ、私もシェフたちと一緒に、水道に、ガス台に、タンドールに、そしてネパールには未だ全ての家庭に普及しているわけではない電気に、「ありがとうございます」と感謝する毎日になりました。

言葉に対する考え方も、私たち日本人とはずいぶん違います。ゴトムさんは六ヵ国語を自由に使いこなせますが、他のシェフも英語やインド語などを話すことができます。インドには公用語のヒンディー語の他にも数種類の言語があり、それらを使いこなすことができるそうです。彼らは日本に来る前に、いろんな国で働いた経験を持っています。彼らはわざわざ英語を勉強したわけではなく、日本語も日本に来てから習得したものです。彼らは生きるためにその国の言葉を習得するのです。彼らの学習能力にはいつも本当に感心させられます。全く日本語を話せないシェフもいますが、日々の生活の中で少しずつ覚えていきます。喋れないから頑張ろうとか、お客さんとコミュニケーションがとれないと困るからとか、そういう気負いがないのです。意固地なこだわりがなく、自由で、心が柔軟なのです。そんな彼らの、ある意味のんきな感覚が、言語能力が向上する遺伝子のスイッチを知らずに入れているのではないかと思ったりもします。

ある日、私は彼らに日本に来て何がいちばん良かったかと聞いてみました。すると彼らは「安心して眠れること」と言いました。これは予想もしなかった答えでした。

私はこれまで安心して眠ることができないという経験をしたことがありません。大自然の中で生活している彼らは、睡眠中といえども全く緊張感をなくしてしまうわけにはいかないのです。ときには象やサイが集落のそばを通り、家を襲うこともあるそうです。子供たちもたまに猿の軍団に囲まれて襲われることもあると説明してくれました。安心して眠れるというとても大きな幸せ。それが私たち日本人にはあまりにも当たり前すぎて、気づくことができないでいるのです。私はその話を聞いてからは、安心して眠れることや、当たり前だと思っている幸せに対しても感謝を忘れないようになりました。

ガンを告知されたあの頃の私が、今の私のこの生活を見たら何と言うでしょう。まさか、ガンが治るなんて！　まさか、ネパール人とカレー屋さんをするなんて！　まったく別人の人生を生きています。何より、いつもとても自然に感謝の言葉をつぶやいています。以前の私には考えられなかったことです。

自分の細胞と遺伝子のことなど、ガンになるまで意識したこともありませんでした。ガンになって初めて、私を作っている細胞と遺伝子に感謝しようと思い、朝から晩までお礼を言い続けました。ガンが治った今、おまけでいただいたような人生をどうやって楽しもうと思っていたところに、ネパール人のゴトムさんとの出会いがあり、こうしてまた感謝感謝の日々を送ることができています。

感謝をすると遺伝子にスイッチが入り、眠っていた遺伝子が目を覚ますのです。

「わー、ステキ！　ありがとう」

「楽しい。ありがとう」

そうしてワクワク、いつも楽しくしていたら、遺伝子だって眠ってなんかいられなくなるのです。村上和雄先生へ宛てた手紙にも書いたのですが、今の私はただ私の遺伝子が喜ぶことを選択して、単にそれを実行しているだけです。余命一ヵ月と言われた日からまもなく十年。いただいたおまけの人生を、いま大いに楽しんでいるところです。

希望を伝える

「人間は自分のすべてのDNAのうち、五パーセントしか使っておらず、実に九五パーセントのDNAは眠っている」

村上和雄先生のご本のこの部分を読んだときの感動は今も色あせていません。

「人間の遺伝子は一〇〇パーセント全てが目覚めて活動しています」とあったら、私は何の希望も持てなかったと思います。そして今ここにこうして生きていなかったでしょう。

人間の身体の六十兆個の細胞の遺伝子のうちの、眠っている九五パーセントのDNAのどれか一つでもスイッチが入ったら、私は今より少し元気になるかもしれない。そのことが私に希望を与え、前に進む勇気をくれたのです。

振り返ってみて、自分がガンだと分かったとき、私がいちばん欲しかったのは希望でした。生きる希望が欲しかったのです。そのためにどうするか、どうしたらDNAのスイッチを入れることができるかなんて、そんなことはもちろん分かりませんでした。ただあの一文を読んで、ひと筋の光が見えたのです。そのひと筋の光があったからこそ、その光を見失わずにいたからこそ、私は今ここにこうしているのです。「希望を持つ」ということが、DNAのスイッチを入れるためにいちばん必要なことなのだと思います。

もしあのとき、ガンが全て消えて元気になったという人がいたら、どんなに遠くても私もすぐに話を聞きに行っていたでしょう。私がインド・ネパール料理店を始めて二年ほどになりますが、その間に二百人ほどのガン患者の方々が私の話を聞きに来られました。その意味では、私の経験はガン患者さんの希望だったのではないかと思います。ひと筋の光だったのでしょう。絶望しているガン患者さんに希望を持ってもらいたい。そんな思いから、いろいろなところで私の体験をお話しさせていただくことになりました。講演の依頼があればどんな小さな集まりでも出かけて行って話します。私の話は決して上手ではありません。けれど、できるだけたくさんの方に私の話を聞いていただいて、希望を持って欲しいと思っています。

私を訪ねて来られるガン患者さんにも、時間の許す限り私の体験談をお話しさせていただきます。元気になるんだ、元気になれるんだという希望を持つこと。自分の身体や周りの全てに感謝すること。そして私が希望をもらった村上先生のご本のことを必ずお話しします。いらしたときはいかにも元気がなく、具合の悪そうなガン患者の方が、私の話を聞いて希望を持ってくださり、おいしいカレーを食べて元気になって帰って行かれます。お店を切り盛りしながらなのでなかなか時間がとれませんが、少しでもお役に立てていると思うと、とても嬉しいのです。

元気になった方たち

お店を初めて二ヵ月ほどたった頃、友人の紹介で、四十代の女性の方が、私の話を聞きに訪ねていらっしゃいました。その方もガンを患っているとのこと。私はこれまでの経験をお話しさせていただきました。数ヵ月後、その女性がまたいらっしゃいました。すっかり明るくなっています。

「あなたの話を聞き、前向きな気持ちで、全てにたくさん感謝していたら、なんとガンが消えて元気になりました。ぜひお礼を言いたいと思ってまいりました。ありがとうございました」とおっしゃいます。

「希望を持ち、毎日子供たちと楽しく過ごしました。仕事は休んでいましたが、復帰できることになりました。明るい気持ちをずっと持ち続けるということは本当に難しいことでしたけれど、ありがとうをたくさん言うと、気分が晴れて元気になれました」

身体に感謝して、身の周りの全てのことに感謝して、たくさんありがとうの言葉を言って、前向きに過ごすことによって元気になったと報告してくださる方もいらっしゃいます。元気になってまた会いに来てくださると、私まで嬉しくなって、ただただ抱き合って泣いたこともあります。


忘れられないご夫婦がいます。奥さまは帽子を深々とかぶり、顔を上げることなくじっと座っていました。料理の注文も全てご主人がされ、奥さまは出されたものをただ黙って食べていました。その姿を見たとき、ガンだったときの私のようだと思いました。食事を終えて店を出ようとしたとき、私はとっさに奥さまにお声をかけました。

「身体の具合が良くないのですか？」

すると奥さまは顔を上げて、「はい」と力なく答えられました。

帽子の隙間から見えたお顔から、眉毛もまつげもなくなっているのが分かりました。帽子の下の髪の毛もなくなっているのでしょう。抗ガン剤の副作用で苦しんでおられたようです。

実は私もガンで余命わずか一ヵ月もないと言われたこと。自分の遺伝子にありがとうと言い続けて元気になったことなどをお話しさせてもらいました。あなたも七十兆分の一の奇跡の存在。尊い存在なんですよと。

すると、それまで無表情だったお顔に少し赤みが差し、

「希望が持てました。ありがとうございます。私もいっぱい感謝したいと思います」と笑顔でおっしゃいました。

横で聞いてくださっていたご主人も、

「ありがとうございます。こうしてこのような言葉をかけてくださった方はいませんでした。二人でこの命に感謝します」。そう言って頭を下げ、帰って行かれました。

それから一年ほどたったある日、そのご夫婦が訪ねてこられました。あのとき帽子を目深にかぶった奥さまが、

「私を覚えていますか？　見てください。髪の毛も生えてきました。元気になったんです。おかげさまで今とても気分がいいのです。こんなに元気になったことをお知らせしたくてやってきました」と、元気に笑顔で報告してくださいました。一年前は子宮ガンの第二ス

テージだったということですが、今はガンが消えてしまったというのです。

ありがとうの力には本当に驚かされます。あのときお店にカレーを食べにいらしてくれたご縁で、こうしてまた元気に再会できたことに心から感動し、感謝の気持ちでいっぱいになりました、

熊本県の山鹿《やまが》というところに住んでいらっしゃる七十代の男性は、知人から私のことを伝え聞き、会いに来られました。自己紹介もそこそこに、矢継ぎ早に質問をしてこられます。

「どうやったら治ったと？」

「何か飲んだと？」

「何をしたと？」

次々に質問されます。私が
「自分の遺伝子にありがとうと言いました」

とお答えすると、

「ありがとうを言っただけ？」

「本当に？」

と、何度もお聞きになります。

「本当です」という私に
「分った。そのとおりに私もやってみよう」

とおっしゃるのです。

そのあと、その男性はうちのお店のカレーを食べ、

「おいしい。おいしい。こんなにおいしいと思ったことはないよ」

と言ってとても喜んで帰って行かれました。

一年半ほどたった頃、その男性が再び会いに来てくださいました。

「あんたの言うとおりにまねしたら、こんなに元気になったがね。ありがとうが口癖になってしまった。いい気分だ。今だから言うけど、自分がガンだということは言わんで〝ありがとう〟の話だけ聞いて帰ってすまんかったね。実は私はガンだったけど、おかげで元気になったからお礼ば言いに来たよ」と言ってくださいました。

ガンの方は自分がガンであることを伏せておきたいという心理があるようです。ですから、知人がガンだからとか、もしもガンになったら、などと言って、私の話を聞きに来られる方もいらっしゃいます。この方もこんなに元気になったと報告に来てくださったので

す。そのことが本当に嬉しく、心から、

「どうぞ、これからもずっと元気でいてください」

と祈らずにはいられませんでした。

スイッチ・オンの奇跡は、ガンだけではない

ガンのことばかり言ってきましたが、私はたまたまガンを経験したにすぎません。しかし、この経験は、ガンだけに通用するものではないようです。眠っている遺伝子のうち、そのわずか数パーセントが目を覚ましてくれれば、ガンに限らず、その他の病にでも通用するのではないか、そう感じています。

あるとき知り合いの方が特発性冠動脈解離という病気になられました。冠動脈に九八パーセントの狭窄《きょうさく》（血管が狭くなって血液が流れなくなること）があり、大変危険な状態にあり集中治療室に入院されているとき、私の話を思い出されたそうなのです。そして感謝が足りなかったことに気づき、これまで支えてくれた自分の身体にたくさん感謝の言葉をかけたところ、奇跡的に回復されたのです。

またあるときは、生まれつき心臓に疾患のある方が私の講演を聞きに来られました。話を聞き、「生かされている」という意識に変わり、全てのことに感謝して生活を送るようになると、自分を取り巻く環境が一変しましたと話してくださいました。

私は特別なお薬を使ったわけではありません。わざわざ遠くの病院で治療してもらったわけでもありません。免疫を上げる健康食品を試したわけでもありません。ただただ自分の細胞に、ガン細胞にまで、感謝してありがとうと言い続けただけです。そうすれば眠っている遺伝子のいくつかが起き出してきて、苦しんでいる私のガン細胞を助けてくれると思ったのです。私のしたことはそれだけです。つまり、誰にでもできることなのです。

また、身体や細胞に対して感謝するだけでなく、先ほどの先天的な心臓疾患のある方のように、全てのことに感謝することで、病気だけでなく環境さえもよい方向へ改善されていくのではないでしょうか。

たくさんの方が私の話を聞きに来られますが、私の話を聞いて、

「分かりました。私もたくさん感謝して、ありがとうを言いたいと思います」と口にする方がいる一方で、

「もう十分感謝しているから、ありがとうを言う必要はない」とか、

「感謝は十分にしているけれど、どうしても許せない人がいる」

「私だけがなぜガンなんかになるのか分からない」

とおっしゃる方もいらっしゃいます。

元気になったと会いに来てくださる方々には、ある共通点があるように思います。元気になった方々は、私の話を素直に聞いて、素直にそのまま実行されている方、のようです。

「看護師だからこそ聞いておきたいこと」

人との出会いは奇跡です。

村上先生のご本との出会いや、それを勧めてくださった方とのご縁など、これまで出会った方々とのご縁を思うとき、出会いは引力のようなもので、必要なときに必要な人と引き合い、お互いの成長のために影響を与え合うのでしょう。

最近また、すばらしい出会いがありました。その出会いがとてもドラマチックだったのです。いつも思うのですが、特別な出会いが用意されているとき、サムシング・グレート

はまるで映画のシナリオを書くように、とてもドラマチックなシチュエーションで私たちを楽しませてくれます。サムシング・グレート自らが楽しんでいるのでしょう。サムシング・グレートはとてもロマンチストなのです。

その日私は連日の疲れで身体が思うように動かず、朝から重たい身体を引きずるようにしていました。この体調のまま仕事に行ったとしても、とても一日もちそうにもありません。すこし気分転換をしてみようと思い、いつもはとても思いもつかないのですが、ゆっくり温泉に浸かってみようと思ったのです。

平日の午前九時。いつもは混雑している温泉も、さすがにこの時間帯はがらんとしています。朝日を浴びてお風呂に入ることなど初めてのことです。どうせならと外の露天風呂にゆっくりと肩まで浸かり、朝の気持ちの良い空気を楽しんでいました。

ふと見ると、向こうのお風呂に一人、やはり朝風呂を楽しんでいる方がいます。その方は何か歌を歌っているのか、小さな声が聞こえてきます。何を歌っているのか聞き取れないのですが、小さな囁くようなその方の声が、なぜだかとても心地良いのです。しばらくその声に聞き入っていたのですが、さすがに気になってきて、思い切って声をかけてみたのです。

「おはようございます。朝のお風呂は気持ちの良かですね。お歌のようなものをお歌いでしたか？

とても心地良かったもので、つい聞き入っとりました」

するとその方も笑顔で、

「ありがとうございます。実は、朝のすがすがしい空気の中で祝詞《のりと》をあげていたのです」

と答えてくださいました。

お風呂の中のリラックスした雰囲気のなか、初対面の私たちでしたが、どちらからともなく世間話などを始め、お風呂から上がる頃には意気投合していました。

その方は伊勢神宮の近くにお住まいで、今日お帰りになるとのこと。せっかくのご縁をいただいたので、別れ際に、

「近くでインド・ネパール料理店をしています。機会があればぜひ立ち寄ってください」

と名刺を差し上げたのです。

それから店に戻り、ランチタイムの準備をしていると、なんとその方がランチを食べに

来てくださったのです。

「熊本に住んでいるお友達に連れて来てもらいました」と、わざわざお店を探して来てくださったのです。私はもう嬉しくて、以前からのお友達のように、お二人を奥のテーブルにご案内しました。お食事をしている間も、私も混ぜてもらって楽しくお話をさせていただいたのです。

「すてきなお店ですね。もう長くこのお店をされていらっしゃるのですか？」

そう聞かれたので、私はこのお店ができるまでの経緯を簡単に説明しました。

ガンで余命一ヵ月と言われたこと。村上和雄先生のご本を読んで感動したこと。感謝の毎日で遺伝子のスイッチが入り、ガンが完治したので、おまけの人生を楽しもうと決意したこと。そこへ、インド料理店開店の話が舞い込んできたこと。

午後から伊勢にお帰りということであまり時間がなく、ゆっくりお話しをするゆとりもなかったのですが、熊本のお友達は、私の体験談にとても興味を示されていました。その方は看護師さんをされているそうで、またゆっくりお話を聞かせてくださいと言ってお帰りになりました。

ところが翌日、その熊本にお住いの看護師さんが一人でお店に来られたのです。

彼女の名前は田代清美さん。昨日の私の話の続きが聞きたいと、わざわざ来てくださったのです。田代さんは看護師という立場から私の話を熱心に聞いてくださるのです。

ガンの方の心のケアについて悩んでいらっしゃるようでした。とてもデリケートな問題ですし、ガンの方一人ひとりの考えやとらえ方も違うのです。看護師として、どうしたらもっとガン患者さんの心に寄り添ってあげられるのか、どうしたら、少しでも希望を持っていただけるのか、その答えがほしいと、田代さんの熱意が伝わってきます。

私も精いっぱい、ガンと宣告されてからの私の心の在り方など、田代さんにお話をさせていただきました。田代さんは熱心にそれから四日間、毎晩お店を訪ねて、私の話を聞いてくださいました。

そして最後の晩、こうご提案なさるのです。

「この話を私一人で聞くのはもったいないと思います。そこで、私が講演会を企画しますので、医療従事者に工藤さんの話をしていただきたいのです。工藤さんの話は、ガン患者さんの希望であると同時に、医療従事者の希望でもあるのです。目の前のガン患者さんに少しでも希望をもって生きていただきたい。私たち医療従事者にとっても工藤さんの話は大きな希望なのです。この出会いに心から感謝しています。どうか工藤さん。引き受けていただけませんか？　よろしくお願いいたします」

私は喜んでそのお話をお引き受けすることにしました。彼女はさっそく講演会のチラシを作り、参加者を募り、あっという間に第一回目の講演会を実現させました。場所は「ロータス」。うちの店です。病院のスタッフ全員を一度に連れてくるわけにはいかないので、三つのグループに分けて、三回の講演会にしたのです。

うちのお店でするのなら、せっかくなので、ゴトムさんとコックさんたちが愛と感謝を込めて作るおいしいカレーを食べていただきたい。そこで、田代さんがこの講演会はカレーのお食事つきということにしてくださいました。ゴトムさんやコックさん達も大張り切りです。

私の話を聞きに、毎日のようにたくさんの方たちがうちの店にやってきます。大変な状況にいらっしゃる方たちに少しでも希望を持っていただきたい。お一人お一人に心を込めてお話しさせていただいています。そのたびに私は仕事そっちのけでその方たちにお話をするわけです。猫の手も借りたいくらい忙しいときでも、彼らはそんな私に文句を言ったことなど一度もありません。彼らもまた、大変な状況にある人たちに希望を持ってもらいたい。元気になってもらいたい。そう思っているのです。

そんな彼らの作るカレーを食べて元気にならない人などいません。断言できます。彼らの作ったカレーはみんなが幸せになるように心を込めて作られているのです。だからおいしいのです。


田代さんが企画してくださった講演会のタイトルは
「看護師だからこそ聞いておきたいこと」

チラシにはこうありました。

「講師工藤房美さんとの出会いが、困難事例で悩んでいた私の発想を変えました。助言をいただいたことで気づいたことは、私にとって大きな感動となったのです。工藤さんは、自分の体験談を話すことで皆に元気になってもらいたいとおっしゃいます。なぜならそれが患者さんを救うことになるからです。私が受けた感動を皆さんにも体験していただきたく、講演会を企画させていただくことにしました」

患者さんを思う田代さんの熱意に私も頭が下がる思いです。ガン患者だけではなく、医療従事者にこそ聞いてほしい。田代さんの熱い思いに動かされて、講演会に参加してくださった方々は、私の話を聞き涙を流してくださったようです。

後日、田代さんはこうおっしゃっていました。

「ありがとうとたくさん言うと、ありがたい気持ちが降ってくる、という話に感動しました。人は出したものしか受け取らないといいますが、本当にそのとおりなのですね。工藤さんのたくさんのありがとうが、たくさんの『ありがたいこと』を呼んだのでしょう。そのことに納得がいき、感動しました。最終的には、愛だということがよく分かりました。人に対しても自分に対しても。愛や感謝がなくてありがとうと言ってもだめなんですね」

また、

「病院の現場にいても、工藤さんのようにミラクルを起こされる方がたまにいらっしゃいます。その方たちの共通点は、『そうか、ガンになったのなら仕方がない。それなら残りの人生を楽しもう』と、全てを受け入れて楽しもうと決めた人のようです。そうした方たちはやはり遺伝子のスイッチを知らずに入れているのでしょうね」

とおっしゃっていました。

またいっしょに講演会に来ていらした、ホスピスで働いていらっしゃる四十代の女性は、

「病気は自分の身体からのメッセージと受け取って、これまで自分のために頑張ってくれた遺伝子に感謝していたら、ガンが良くなったという方にお会いして話を聞いてきました

よ、とガンの患者さんに話してあげたいと思います」とおっしゃっていました。

医療従事者の方に私の話を聞いていただけるという機会に恵まれ、この私の体験がもっとたくさんの方の希望になるのだと、今また実感したのです。もっとたくさんの医療従事者の方にもこの体験を知っていただきたいと思います。

サムシング・グレートのシナリオは、本当に奇想天外で、何が起こるか分かりません。この物語の結末はどんな風になるのでしょう。次のページを開くのが楽しみです。

療養計画書

ちょっと後戻りしますが、放射線の治療が終わってやっと家に帰れるというときに、実はある事件が起きました。

退院して家で療養する際に、生活の上で気をつけなければならない注意事項を書いたものが、患者さんに渡されます。「療養計画書」です。例にもれず、私もそれをいただきました。熱が出たらこうしなさい、こういうときはすぐ病院に来なさい、何日後、何ヵ月後に検査をしなさいなどなど、細かくこれから先の計画と指示が書かれていました。

それをもらってから、私はなんとなく気分が悪く、気持ちがすっきりしないのです。とくに胸のあたりに重い感じがします。これは胸のあたりの臓器にガンが転移したんじゃないか、そう悩んだくらいです。

その日も朝から、ありがとうをたくさん唱えていました。ありがとうをたくさん言うと、いつもならとたんに気分が良くなるのに、すっきりしないなんておかしいなと思いながら数時間たちました。そしてはたと気がつきました。

「わあー、私の人生なのに、なんで他人が私の人生計画立てるんだ？」と。

ムカムカの原因はこれでした。それに気がついて、「自分の人生なのだから、自分で計画を立てる！」と、ありがとうといいながら、ひと晩中かかってこれから十年後までの計画を書き込みました。まずこれからの一年を一週間単位で五十二週間分、こと細かに書いていきました。二年分、三年分と細かく、ほぼ一週間単位で書いていき、ぎっしり十年分の計画をまとめ上げたのです。そしていちばん最後の行に、

「病院には検査には行きます。けれど私は元気になっています。ガンは治りました。だから、主治医の先生に元気を持っていってあげます。ありがとうございました」と書きました。そうして退院の日、自分で書いた自分の療養計画書を先生に手渡しました。

先生は、「はじめて患者さんから療養計画書をもらいました」とびっくりしていました。そして「どうかこの計画どおりに生きてください」とおっしゃいました。

自分の人生が残りわずかだと知りながら、自分のこれから十年分の計画を立てるということは難しいことです。残りわずかな命の患者に向かって、十年の計画どおりに生きてくださいというのもまた難しいことだったことでしょう。私は笑顔で頭を下げて、先生にその計画書を渡しましたが、先生は真剣な顔で受け取ってくださいました。

あと一年で、計画どおり十年が経ちます。

本当にそのとおりになりそうです。来年、先生のところに元気を持って会いに行こうと思っています。

自分が望めばそのようになる。

そう固く決意すると、それを達成しようとする遺伝子にスイッチが入るのでしょう。私は自分の経験からそう信じられるようになりました。数年後、なりたい自分になっている自分の姿を想像し、希望を持って計画を立てる。みんな一人ひとりがなりたい自分にきっとなれると信じています。

村上先生の本から学んだこと

ガンと宣告された平成十八年五月一日から、まもなく十年が経とうとしています。私がガンを患っていたのは、あの一年間だけです。平成十九年五月には、全てのガン細胞が消えていました。それからの約九年間は、村上先生へのお手紙に「これからは私の遺伝子が喜ぶことだけを選択して生きていきます」と宣言したとおり、私の意志と行動は常に遺伝子と相談して決めました。私の意思決定は遺伝子が喜ぶか否か、ということです。

遺伝子が喜ぶと、眠っている九五パーセントの部分のスイッチがオンになり、その部分が「私を生かす」という本来の仕事を思い出して行動してくれるのだと思います。九五パーセントもの眠れる潜在能力に働きかけるには、遺伝子が喜ぶ生き方を選択すると良いということです。

それでは、遺伝子が喜ぶ生き方とはいったいどんな生き方なのでしょう。身を持って経験したことなので、ありがとうと感謝することが遺伝子を喜ばせるということは確信しています。

しかしどうやら、約九年間、「遺伝子が喜ぶこと」に焦点を当てて生活してきたなかで、それ以外にもいろんな方法があるらしいということが分かりました。

村上先生の『生命の暗号』を読ませていただいて以来、多数出版されている村上先生の他のご本も読んで、その中からもたくさんのヒントをいただきました。私が毎日の生活のなかで実践してみて、「これは遺伝子が喜ぶぞ」と感じたことを紹介してみたいと思います。

自分の身体と遺伝子の働きに関心を持つこと

私たちの身体は約六十兆個の細胞でできているそうです。その一つひとつに遺伝子情報が組み込まれていて、それらは見事に調和して互いに助け合って組織を作り、臓器を作り、爪や髪の毛を作り、身体を作り、私たちを生かしてくれています。遺伝子の指令がなければ私たちは生きていけません。遺伝子が気持ちよく働きやすい環境を与えてあげることができれば、私たちは健康でいられると思うのです。だから、遺伝子が喜ぶにはどうしたらいいのか、遺伝子の声に耳を傾けることから始めなければならないと思ったのです。

また、遺伝子に関心を持つことにより、好ましいスイッチにはオンになってもらい、眠っていてほしいスイッチにはオフになってもらう、というコントロールができるようになるのではないかと思ったのです。

感謝する

感謝する。これが最も大切なことだと思います。この大切さはこの本の中で私が一貫して述べてきたことです。「ありがとう」という響きには遺伝子を喜ばせる波動があるのではないかと思うほどです。

また、自分はこの地球に、お父さんとお母さんの染色体の組み合わせ抽選により七十兆分の一の奇跡の確率で生まれてきたという事実を知ると、この世にこうして生かされていることに感謝せずにはいられません。私たち一人ひとりはそんな尊い存在なのです。

さらに、人間が持っている遺伝子情報は、一ページ千文字として千ページもある大百科事典三千冊分にも匹敵するといいます。いったい誰がこれだけ精巧な生命の設計書を作ったというのでしょう。人智をはるかに超えたものの働きによるとしか考えられません。そういう存在を感じ、信じ、私たちは何の目的もなく自然にでき上がったのではなく、意味があってこうして生かされているんだということを知り、目の前に起こる出来事に意味を見出し、感謝することが大事なのではないかと思います。

プラス思考で考える

うちのインド・ネパール料理店で働くネパール人のコックさんたちは本当に天真爛漫です。日本語が話せなくてもいつもにこにこお客様に笑顔で接してくれています。日本語が話せないからといって落ち込んだりしません。気負いやこだわりがなく、自分のペースで楽しみながら日本語を習得しています。けれど驚くほどの早さで喋れるようになっています。プラス思考でいることによって遺伝子のスイッチがオンになっているからなのだろうと思います。

村上先生の『生命の暗号』の中に、遺伝子がオンになれば、「こうあってほしい」と望むことはほぼ一〇〇パーセント可能性の範囲内にある。ということが書いてあります。そうであるなら、

「できるわけがない」とか「無理だ」「ダメだ」と考える必要はありません。すべて可能です。

できます。マイナス思考で考える必要はなくなります。すべてプラス思考でいいというこ
とになります。

私たちは子供の頃から、枠にはめられて生きてきました。制限つきで考える癖がついて
いるのです。

「もうやめたほうがいいだろう」

「そこまでは無理だろう」

そうして自分で自分に制限を設けてきた結果、遺伝子をオフにしているのかもしれませ
ん。最初は訓練が必要かもしれませんが、制限をとっぱらってプラス思考に徹して、自由
に発想することで遺伝子はオンになってくれるのだと思います。

村上先生の本の中で、「人間の可能性を妨げる六つの要因」が書いてあります。

1．いたずらに安定を求める気持ち

2．辛いことを避けようとする態度

3．現状維持の気持ち

4．勇気の欠如

5．本能的欲求の抑圧

6. 成長への意欲の欠如
だそうです。
それとは反対に、よい遺伝子をオンにするには
1. どんなときも、明るく前向きに考える
2. 思い切って今の環境を変えてみる
3. 人との出会い、機会との遭遇を大切にする
4. 感動する
5. 感謝する
6. 世のため人のためを考えて生きる
というものです。

プラス思考で考える人は、やみくもに先のことを心配せず、与えられた仕事に一生懸命になれる素直さをもっているとも書いてあります。プラス思考で素直で一生懸命な人は、遺伝子をオンにさせるのが上手なのです。

自分を信じる

先にも書きましたが、遺伝子がオンになれば「こうあってほしい」と望むことはほぼ一〇〇パーセント可能性の範囲内にある、と村上先生はご本の中で言っておられます。はじめから「自信がない」「自分はダメなんだ」と思っていては、目覚めるものも目覚めないわけです。遺伝子が喜ぶ生き方をして、遺伝子のスイッチがオンになったら、自分には不可能なことなど何もない、と自分を信じることはとても重要なことだと思います。そうすることで「信じる自分」が立てた目標は、達成するにふさわしい目標になり、信じて達成に向けて前進することができるようになると思います。

環境を変えてみる・出会いを大切にする

ガンが完治し、元の職場に復帰した私は、ガンになる前と同じ状況に身を置くことで再びネガティブな心の状態を作り出してしまいそうで不安になり、思い切って転職しました。そうすることによって新たな自分を発見し、たくさんの人たちとの出会いのなかで良い刺激を受け、そのことにまた感謝できるようになったのです。この決断は正解でした。良い連鎖が起き、思いもよらないラッキーな出来事などが続くようになりました。私の遺伝子がオンになり、環境が良い方向へ変わっていったのです。遺伝子は身体への影響だけでなく、私をとりまく環境にまで影響を与えたのだと思います。

感動する・笑う・ワクワクする

ガンになったからこそ、それまで見えていなかった大切なものが見えてきました。家族の大切さ。自分自身が七十兆分の一の奇跡の存在であること。地球に生かされていること。私を作り支えてくれている細胞と遺伝子の存在。あらゆるものに感謝し、私という存在を包んでくれていたその無償の愛に感動したのです。ガンになったからこそ、流した感動の涙の数々は私の遺伝子をスイッチ・オンにしたのではないでしょうか。

私はもともと笑い上戸なのですが、インド料理店に転職してからはますますよく笑うようになりました。インド人の方と言葉がなかなか通じないという苦労はありましたが、だからこその笑える面白いエピソードもたくさんあります。子供たちとのやりとりの中でも、おなかの皮がよじれるのではないかというくらい笑うこともありました。村上先生のおっしゃるとおり、笑いは遺伝子のスイッチ・オンにする重要なツールだと思います。

それと同じくらい重要だと思うのが、ワクワクすることです。子供の頃、遠足の前の日はワクワクしすぎて眠れないことがありました。明日はどうなるんだろうと楽しくてしょうがない、三百円までと決められていた遠足のお菓子を買う。もうそこから遠足は始まっていました。そのお菓子を食べることができるのは遠足の日の午後。その時のことを思い、何にしようか、誰と食べようかなどと楽しくて仕方ありません。その強烈なワクワクを感じているまさにそのとき、遺伝子のスイッチはオンになっていると思います。

同じように、「明日あの人に会える」「注文した商品が早く届かないかな」「一週間後の講演会にたくさんの方たちが来てくれる」――そう感じているときは、少々気分が悪かったとしてもワクワクのほうが勝って、いやな気分を忘れてしまうほどです。強烈なワクワク感。ワクワクは未来のことを楽しみにする感情です。未来をワクワクでいっぱいにするために遺伝子が喜ぶ選択をする。そしてワクワクすると、また遺伝子が喜ぶ。その連鎖が、遺伝子の目覚めを加速させるのだと思います。

誰かのために役に立つ

「人は誰かが喜んでくれると幸せになる」と本で読んだことがあります。自分の行ないで誰かが喜んでくれたら、こんなに嬉しいことはありません。私を訪ねてきてくれるたくさんのガンの方たちに心を込めてお話しさせていただき、その方が元気になってくれると本当に嬉しいのです。それを何度も体験しました。自分のこと以上に嬉しいのです。そのとき、やはり私の遺伝子のスイッチはオンになっていると思います。村上先生もご本の中で言っておられます。

「自分の心を充実させたかったら、人の心を充実させてあげること。自分が成功したかったら、人の成功を心から望むこと」

「喜びを多くの人と共有すること。自分たちの仕事が世の中のためになるという熱い思いや意識を持つこと」

そして、

「サムシング・グレートの意思に沿い、サムシング・グレートを喜ばすような生き方をすれば遺伝子はオンになるのだと思う」と。

千の祈り

二〇一五年一月十七日。阪神大震災から二十年目の記念日。ご縁をいただいて神戸で講演をすることになりました。

企画してくださったのは河本たみ子さんという神戸在住の方です。現在ガンの治療をされています。お友達から私のことを伝え聞いて、神戸から電話をかけてきてくださいました。「どうしてもお会いしてお話を聞きたいので、九州まで講演を聞きに行きます」とおっしゃってくださいました。しかしガン治療中で大変ななか、わざわざこちらに来ていただくのも申し訳なく、

「神戸で講演会を計画していただけるならば、私のほうから出向きます」とお返事させていただきました。そうして計画していただいた講演会の日が、阪神大震災からちょうど二十周年目の一月十七日だったのです。

その日は朝一番の新幹線に乗り、午前中のうちに神戸に着くことができました。二十年前、この地は大きな地震で多くの方の命が失われ、皆さん大変なご苦労をされたのだと思いながら車窓をながめていました。駅に降り立ったとき、心が震え、涙が溢れてきました。大きな災害に遭い、傷つき、悲しみ、苦しみながらも一歩一歩の歩みを止めなかった「人間の底力」がここにあると感じたのです。必ず復興するんだというこの地に住む人々の強い意志が、その火を消すことなく灯し続けて、こんなにも美しい街へと復興させたのです。

私は神戸駅で感動で震えていました。

人間は未来に夢を描くことができるのです。そしてそれを現実にできる力があるのです。希望を持った人間は強い。みんなが希望を持って立ち上がったから、その力は何千倍、何万倍にもなったのでしょう。

会場に着き、中に入ってまたびっくりしました。これまでも何度も講演をさせていただいていましたが、会場のお客様の一体感がすごいのです。どなたも私の話を楽しみにしてくださっているということがひしひしと伝わってきます。講演を始める前からすでに会場全体が一つになっているのです。どなたも優しい表情です。

「あなたがいてくれて嬉しい」

「いてくれてありがとう」

みんなが互いにそんな思いを発していて、この会場の中はそんな思いでいっぱいです。震災直後、建物が倒壊し荒れ果てた街の中を、この地の人々は誰からともなく、自然に手をつなぎ歩いたといいます。家族、隣人、知らない人同士、文字どおり手を取り合って助け合って、寄り添い合って悲しみを乗り越えてきたのだと思います。私には想像もつかない大きな苦しみ悲しみを、深い愛と絆で支え合ってこられた方たちなのだと痛感させられました。

あらためて、この講演会を企画してくださった河本さんに、感謝でいっぱいになりました。

私の話を聞きに多くの方が私のインド料理の店に来られます。なぜかほとんどの方はご自身がガンであるということを言わないで、「どうしてガンが消えたのか」ということだけを教えてくださいとおっしゃいます。自分がガンであるということを知られたくないという心理があるようです。

けれど、この講演会を企画してくださった河本さんはそうではありませんでした。ガン治療中であるにもかかわらず、講演会の準備も全てご自分でされたとのことでしたが、準備した案内のチラシに、ご自身の病気のことを書いたお手紙を添えて配られていたそうで

インスタントコーヒーの空き瓶にきれいに詰めた千羽鶴。三人の息子それぞれを身ごもったときに作った。一枚一枚に愛の言葉を綴っている。

す。河本さんの主催者挨拶では、ご自分の病気の状態の他にも、家族の様子なども話してくださいました。河本さんの呼びかけで、会場は百三十人の方々で埋め尽くされていました。一人でこんなすごい話を聞くのはもったいないので、たくさんの方をお誘いしましたとご挨拶してくださいました。

私は河本さんのそのご挨拶を聞いて胸がいっぱいになり、私も心を込めてお話させてもらいました。神戸での講演ですが、私は熊本弁しか喋れません。それでも会場の方々は私に寄り添い、私の話を真剣に聞き、一緒に感動の涙を流してくださいました。最後に、この日は神戸にとって大切な記念の日ということもあり、特別な話をしようと決めていました。

私は、用意していたインスタントコーヒーの空き瓶を取り出しました。中には色とりどりの千羽鶴がきれいに並べてあります。これは私が二十年前、三男を妊娠したと分かったときに、その子が生まれてくるまでの間、まだ見ぬわが子を思いながら折った千羽鶴です。小さな千羽鶴は、コーヒーの空き瓶にきれいに詰めてあります。

長男のものも、次男のものもありますが、回を重ねる毎にビンに詰めるのが上手になったのか、三男の千羽鶴がいちばんきれいにコンパクトに瓶に収納できていましたので、それを持ってきたのです。千枚の千代紙の一枚一枚に愛の言葉が書いてあります。

「私をお母さんとして選んで生まれてきてくれてありがとう」

「誰かがごめんねって言ったら、許してあげようね」

「優しい人になってね」

などなど、まだ見ぬわが子を思い、たくさんの愛を届けたいと思い、言葉に綴っては鶴を折り、瓶に詰めました。

子供をおなかに宿すということほど、神秘的な体験はありません。新しい命は私のおなかの中で、生まれるその時を安心して待っています。尊い一つの命が、私の中から生まれ来ようとしているのです。

母親はこのとき、その身体の中に、自分と子供の二つの魂を宿しています。それは本当に不思議な感覚です。母親は自分の中に新しい命が宿った瞬間から、自分の命と子供の命の区別なんか当然ありません。この子の喜びは私の喜び。この子の悲しみは私の悲しみ。わが子への愛は溢れて、無限に広がります。わが子にもしものことが起きたら、自分の命を投げ捨ててでもわが子を助けようとするのです。母親が子供に感じる愛は完全に無償の愛なのです。

この子は私を母と選んで生まれ来ようとしてくれている。この子もまた、誰よりも私を愛し、私を支えてくれることでしょう。私を本当の「愛」の存在へと成長させてくれる、無償の愛を体験させてくれる尊い存在なのです。早く会いたい。母親ははやる気持ちを抑えることができません。この子へのこの無限の愛を、そしてこの子を授けてくださった偉大なる存在への深い感謝をどうにかして形にしたい。そう思って、千枚の千代紙に、千の感謝と祈りの言葉を書き綴り、千羽の鶴を折りました。

その頃の私は当然、七十兆分の一の奇跡の話など知る由もありませんでした。けれど、この子がこんな私を母と選んで生まれてきてくれるこの奇跡に、感謝せずにはいられませんでした。

ご縁あって、神戸の講演会にいらしてくださった皆様に、この千羽鶴のお話をさせていただき、私はその日いちばん言いたかったことを最後に口にしました。

「どうか、忘れないで欲しいのです。皆さんご自身が七十兆分の一の奇跡の存在だということを。この世界にたった一人のあなたという存在がどれほど尊く、大切な存在なのかということを。そしてまたあなた方は、七十兆分の一の奇跡の存在である子供たちを育んでいくのです。こうして『愛の存在』は繫がっていくのです。

私は千の思いで千羽鶴を折りましたが、みなさんもそれぞれ、千も二千も、一万も二万も、それ以上の愛と祈りに育まれてこられたのです。二十年前、この地は悲しみでいっぱいでした。愛する人を亡くされた方もいらっしゃるでしょう。

けれども何が起こってもくじけることなく、ここで生きていく未来の大切な子供たちのために、こうして力強く前に進んでおられます。

そこに未来と未来の子供たちへの愛と希望がある限り、奇跡の存在である私たちにできないことなど何もないと信じて、一歩一歩力強く前に進んでいっていただきたいと思います」

自分を愛する

人は愛されて生まれてきて、愛して自らを育んでいきます。「愛」が人を幸せにして、人を優しくして、人を強くします。実は全てのものから愛を与えられているのです。

ガンになって、ちっぽけだと思っていた私という存在が、実はとてつもなく尊いものだったのだと気がつきました。私は愛されるに値する価値ある人間なのです。それまで自分の価値を正当に見定められなかった私は、できない自分を責め、こんなもんだと諦め、自分の可能性を無視していたのです。だから私の身体はガンになって、私に間違いを気づかせてくれました。ガン細胞は決して私の敵ではなく、愛をもって私の「思いの癖」を教えてくれていたのです。ガンになったことは、自分を愛しなさいという、自分からのメッセージでした。

それに気がついた私は、自分の身体に、そして細胞の一つひとつに、「ありがとう」と心からお礼を言いました。自分を愛して、認めて、癒してあげたことが、眠っていた九五パーセントの遺伝子を目覚めさせることになったのです。気がつくと、私のガン細胞は正常で、健康な細胞に変わっていました。

私はますます愛と感謝でいっぱいになりました。自分をきちんと愛することができるようになると、自分以外の人やものごとを、本当の意味で愛することができるようになるのです。私は支えてくださった方々に感謝し、生かされていることに感謝し、愛と感謝の気持ちで全てに接するようになりました。すると私の人生の歯車が全てうまくかみ合って動き出したのです。

私たちの人生はときとして、思わぬ方向から気づきを与えようとします。その気づかせようとする行為は「愛」に他なりません。辛く苦しい状況の真っ只中にいるときには、それがまさか自分からのメッセージだなどと想像することすらできません。その辛さを経験しなければ、気づくことはできないからなのでしょう。人それぞれに気づきのタイミングや方法は違いますが、忘れないで欲しいのです。何度でもいいます。

一人ひとりが七十兆分の一の奇跡の存在なのです。

一億円の宝くじに百万回連続で当たる確率とほぼ同じ確率を突破して、私たちは生まれてきたのです。その奇跡の存在の私たち一人ひとりに、奇跡が起こせないわけがないのです。辛く苦しい状況に不安になり、恐怖を抱き、その状況を呪い、後悔し、落ち込んでみても、なんの解決にもなりません。

希望を抱き、感謝すること。その状況に「愛」を見つけること。そして自分を愛し、癒し、認めて、あなたの眠っている九五パーセントの遺伝子のスイッチを入れて、もっともっとあなたの可能性を引き出してください。

そうしたら、みんななりたい自分になって、望むような人生を生きることができると思います。

（あとがき）
ありがたい気持ちが降ってきた

ガンの宣告からもうすぐ十年になります。まさか自分が十年後、ガンを克服しこうして元気に生活しているなど想像もできなかったことです。その上、自分のガン体験を本にさせていただける日が来るなど、夢にも思いませんでした。この十年間、ただ目の前の毎日に心から感謝して、一瞬一瞬を大切に過ごしてきました。

そんな毎日のなか、これまでにたくさんの方々が私の話を聞きにいらしてくださいました。二年前から念願だったインド・ネパール料理店を開店し、これまで以上にたくさんの方たちと触れ合う機会をいただいています。人との出会いがますます私に気づきを与えてくれているのです。その奇跡に心から感謝しています。

人間誰しも自分の思いどおり生きられるわけではありません。どんなに幸せそうに見える人でも、何かしら悩みや苦しみを持っているものです。私の体験談を聞いて、

「そうか、ありがとうと言えばいいんだ」

そうと気づいて実行に移しても、「こんなに単純なことなのになぜかうまくいかない」と、感じられる方もいらっしゃるかもしれません。たくさんの方たちとお話をさせていただいて私が気づいたことは、「心になにか少しでも苦しみがあると、深い感謝はできない」ということです。その苦しみが心に引っかかっていて、「ありがとう」と素直に言えないのです。

今ある苦しみが、本来の自分からのメッセージであり、「愛」に他ならないのだと気づき、受け入れたとき、そのときにこそ本当に心からの感謝ができるのだと思います。

そうはいっても今苦しみの真っ只中にいて、なかなかその状況を受け入れて感謝するというのはとても難しいことだと思います。

私の場合はこうでした。

「私をこれまで支えてくれた細胞と遺伝子に、心を込めてお礼を言ってから死のう」

そう決めた私は、まずガンでない部分から「ありがとう」を言い始めました。つまり、ガン細胞に「ありがとう」と言う心境にはまだとても至っていなかったからです。見える目に、聞こえる耳に、動いてくれている手足に、心臓に、私をこれまで支えてくれた健康な細胞に心を込めて「ありがとう」を言ったのです。ひと晩中「ありがとう」と唱え、そして翌朝、とても自然にガン細胞に話しかけていたのです。

「私が痛い思いをするのはかまわないから、私のガン細胞よ。あなたは痛い思いをしないでね。私をこれまで支えて来てくれてありがとう」と。

最初から全てに感謝して「ありがとう」と言えないとしても、本当に感謝できることに「ありがとう」と言っているうちに、「ありがたい気持ち」が降ってきて、心の中に雪のように積もり、積もり積もって、心から溢れ出してきたのです。そうすると、本当に心から全てのことに感謝したくなりました。

本当に感謝したいことに、まず「ありがとう」と言いましょう。些細なことでいいのです。自分の中の「ありがとうと言いたい部分」を見つけることから始めましょう。それはとてもワクワクする作業だと思いませんか？　その部分に「ありがとう」を言い続けると、今の辛い状況は「どうか気づいてほしい」という自分からのメッセージで、それは自分をひとまわり成長させるための「愛」の行為に他ならないのだということに気がつくのです。そうしてまで気づきを与えてくれようとしてくれた自分自身とその状況に、感謝せずにはいられなくなるのです。心の中にあるギザギザした引っかかりを、「ありがとう」の言葉が全て包み込んで消してくれているかのようです。気がつくと、とても自然に苦しみは苦しみでなくなっています。

「ありがとう。ありがとう」という深い感謝によって、「なかなかありがとうと言えない状況」と一つずつ向き合う。そうすることでその状況を受け入れ、癒され、気がつくと、その状況さえも、かけがえのない自分の一部だったことを知るのです。そうして気づかせてくれたことに感謝、感謝となりました。

私が自分の細胞と遺伝子に感謝しようと決めてから一年後、ガンがきれいになくなってしまうまでの間、私が唱えた「ありがとう」はとっくに十万回を超えていたでしょう。それからさらに九年間、私が知る限りの全てのことに、心を込めて「ありがとう」を唱えてきたのです。とても数え切れるものではありません。そうした深い感謝の連続の毎日に、苦しみが入り込む余地などなくなってしまうのです。

私にこのような気づきを与えてくださった村上和雄先生をはじめ、多くの方々、たくさんの出来事に、心から感謝いたします。そして最後に、私のいとこの木下供美に感謝の気持ちを伝えたいと思います。彼女はとても仲の良いいとこで、発病以来ずっとわたしのそばについていて、いつも激励してくれました。その上で、この文章を私に代わって書いてくれました。

最後にこの本を形にするにあたり、手を差し伸べてくださった風雲舎の山平松生さんに深く感謝いたします。山平さんは本を作りたいという私たちの話を真剣に聞いてくださり、そして何より「あなたの目は信用できる目ですね」と言ってくださいました。そして素人である私たちに文章を書かせてくださったのです。九州の山の中からこうして世の中に向けて本を出版できるなど、夢のような話です。私は風雲舎の本の一ファンです。風雲舎の本が私にたくさんの気づきと影響を与えてくれ、人生を豊かにしてくれています。そしてまたこのように私の人生に大きく関わっていただきました。この出会いに心から感謝いたします。ありがとうございました。

二〇一五年　十月吉日

私の心を映すような秋晴れの爽やかな日に

工藤房美

工藤房美（くどう・ふさみ）

1958年宮崎県生まれ。3児の母。48歳で子宮ガンを発病。手術もできないほど進行しており、放射線治療、抗ガン剤治療を受けるが、肺と肝臓に転移が見つかり、「余命1ヵ月」と宣告される。その病床で、村上和雄著『生命の暗号』（サンマーク出版）に出会い、遺伝子の働きに深い感銘を受け、60兆個の細胞に感謝し、抜け落ちた髪の毛一本一本にも「ありがとう」を言い続ける。10ヵ月後、全身からガンはきれいに消えた。完治後、村上和雄教授の勧めで、自らの体験を語り歩く。以来、自分の遺伝子が喜ぶ生き方を選択。

遺伝子《いでんし》スイッチ・オンの奇跡《きせき》

初刷　２０１５年10月27日
11刷　２０２２年７月５日

著者　工《く》藤《どう》房《ふさ》美《み》

発行人　山平松生

発行所　株式会社　風雲舎
〒162-0805　東京都新宿区矢来町122　矢来第二ビル
電話　〇三-三二六九-一五一五（代）
FAX　〇三-三二六九-一六〇六
振替　〇〇一六〇-一-七二七七六
URL　http://www.fuun-sha.co.jp/
E-mail　mail@fuun-sha.co.jp

DTP　株式会社ワイズファクトリー
印刷　真生印刷株式会社
製本　株式会社　難波製本

ISBN978-4-938939-83-0